„Es gibt Tage, da wünsch ich,
ich wär mein Hund, …
dann erschien mir die Welt vor
ganz neuem Hintergrund... !"

REINHARD MEY

FILOU

Ein Schlitzohr, die „Alten" und ich!

Eine außergewöhnliche und
wahre Hundegeschichte

von Olaf M.-Ahlers

© 2017 Olaf M.-Ahlers

Fotos: **Olaf M-Ahlers**

Herstellung und Verlag: BoD – Books on Demand, Norderstedt

ISBN: 978-3-**7431-9129-7**

Inhalt

Ein kleines Vorwort…………………………………….8

Die Begrüßung…………………………………………...10

Wie Man(n) auf den Hund kommen kann…………19

Vom „bösen" Wolf...…………………………………..31

Die Sache mit Berry und ein
Welpe kommt ins Haus……………………………41

Es geht um die Wurst……………………………...……58

Erste große Liebe und der Erzfeind……………..………71

Bernds Foto und ein schöner Abschied……...……..96

Zweimal schlechte Nachricht und
die wundersame Heilung………………………….116

Heut` ist ein wunderschöner Tag oder
Begegnungen der dritten Art………………...……134

Jäger und Detektiv -
Eine Spürnase auf vier Pfoten…………………….161

Freund und Helfer oder der kleine Samariter……..179

Der ugandische Bauer im ZOOMARKT und
will mein Hund wirklich Ringelsöckchen………...190

Der Fall Oskar…………………………………...205

Ein Nachtrag……………………………………211

Ein kleines Vorwort

Ich war gerade noch einmal an meinem Bücherregal – und es stimmt, die meisten Bücher haben ein Vorwort. Wenn man nun gar nicht weiß, ob überhaupt ein Buch zustande kommt, geschweige denn, ob es überhaupt jemand lesen möchte, dann macht es die Sache nicht einfacher, dieses zu formulieren. Doch ich denke, allemal Sinn – denn man kann sagen, was man mit diesem Werk vor hatte und den geneigten Lesern mitteilen, was sie auf den nächsten Seiten erwartet.

Und um es vorweg zu nehmen: wenn ich im Titel die „Alten" schreibe, so ist das keinesfalls respektlos, sondern vielmehr liebevoll gemeint, wie man unschwer erkennen wird. Und ja,… es handelt sich hier um „noch" ein Hundebuch.

Nun gibt es heutzutage eine Unmenge von Hundelehrbüchern und -ratgebern in den Regalen der Buchhandlungen und Bibliotheken, wo es nicht immer leicht ist, das Richtige für sich zu finden.

Nicht nur zwischen den Zeilen wird man auch in diesem Buch einige praktische und hilfreiche Tipps zum angemessenen sowie achtungsvollen Umgang mit seinem Vierbeiner finden. Vorrangig geht es aber um die wahre Geschichte meines Hundes und Freundes „Filou" – und welche tragischen als auch lustigen Dinge um uns herum geschahen.

Dieses Buch erzählt, wie er zum echten Helfer für Menschen wurde und stellt vielleicht die damit verbundene einfache Frage: Braucht der Mensch eigentlich den Hund?

Ohne zu philosophisch werden zu wollen und wie auch immer man sich für eine Antwort entscheidet, beantwortet sich die Frage umgekehrt sehr leicht.

Auch wenn die Wahrheit für viele Hundeliebhaber/innen schmerzlich ist: der Hund braucht den Menschen nicht! Er würde über viele Generationen einfach wieder zu dem werden, was er einmal war, nämlich zu einem freien „Wolf", der durch die Wälder zieht.

Deshalb obliegt es uns nur, sein Angebot zur Kooperation wertzuschätzen und, wer es will, dankend anzunehmen.

Wer sich einmal bewusst auf diese Reise gemacht hat bzw. macht, wird beim Herausschauen aus dem Fenster viele neue wunderbare Dinge über die Ursprünglichkeit der Natur und auch ein Stück mehr über sich selbst erfahren.

Die Begrüßung

„Mich kennen Sie ja bereits und wie heißt mein kleiner Freund hier an meiner Seite?"
Mit dem kleinen Freund ist im Übrigen ein mittlerweile ausgewachsener und durchaus muskulös stattlicher Hund gemeint, seines Zeichens und korrekt benannt ein ungarischer Jagd- und Vorstehhund.
Ein kurzer Moment der Stille trat ein sowie ein rätselratender Blick in den doch meist zufrieden scheinenden betagten Gesichtern der etwa fünfzehn Menschen, die in einem Stuhlkreis um uns herum saßen bzw. von ihren Pflegekräften, zwecks verordneter Beschäftigungszeit, um uns herum gesetzt wurden.
„Sie haben ihn alle schon mal hier gesehen", versuche ich das jetzt fast kindlich wirkend gespannte Publikum bei der Namenssuche meines Vierbeiners zu motivieren.

Es sei hier erwähnt, dass ich bereits zum fünften Mal, im Abstand von etwa drei Monaten mit meinem Hund ein kleines Programm mache, welches zum einen der Beschäftigung und zum anderen zur Belebung der Sinne durch ein Wesen mit einer ganz anderen Art der Kommunikation dient.
Die Idee, dies zu tun, kam mir nach einem Aufruf in der örtlichen Tagespresse. Warum nicht, dachte ich, so hat mein Hund neben der physischen Beschäfti-

gung beim Agility und Bällchenwerfen im Wald auch noch etwas Kopfarbeit und bringt nebenbei noch ein paar Leute zum Schmunzeln. Für mich war die Form des „Auftrittes" ohnehin nichts Neues, da ich mit meiner Gitarre schon so ein paar Menschen mit eigenen und anderen bekannten Liedern bei Familienfeiern und Veranstaltungen unterhalten durfte.

Hund trifft Muse

In der Runde waren wie immer, bis auf zwei drei Neuzugängen, die gleichen älteren Herrschaften versammelt. Doch dieses Mal saßen an einem separaten Tisch, sozusagen in der zweiten Reihe, zusätzlich zwei noch relativ agil wirkende ältere Damen, die einer Basteltätigkeit nachgingen, mir aber einen Blick zuwarfen, der zu sagen schien: wir sind noch fit und brauchen keine „Delfintherapie". Ich hörte aber die Eine hinter vorgehaltener Hand zur Anderen sagen: „Das ist aber ein Hübscher". Ich fühlte mich kurz geschmeichelt, merkte aber dann an ihren wohlwollenden Blicken in Richtung Filou, dass ich hier eher nicht gemeint sein konnte.

Mir war die Konstellation gar nicht so recht, da gerade an diesem Tag die lokale Presse zugegen war, bestehend aus einem Zweierteam.

Da war eine sehr klug wirkende Reporterin, wohl wegen der fast übergroßen schwarz umrandeten Brille, und ein wie sich noch herausstellte sehr beweglicher, da in Folge aus allen nur denkbaren Körperstellungen heraus knipsender Fotograf. Die Zeitung war interessiert an dieser Tätigkeit und wollte in einer der nächsten Ausgaben einen illustrierten Bericht veröffentlichen. Darüber sollte aber nicht unbedingt die Überschrift „Störfeuer aus der zweiten Reihe" stehen.

Da hob plötzlich eine mir vertraute sehr zierliche Frau aus der Runde zögerlich den Arm. Sie wirkte wie ein kleines, hinter ihrer Schulbank eingezwängtes schüchternes Mädchen, die sich einerseits ihrer Sache sicher schien, aber trotzdem die Folgen einer falschen Antwort, welche es ja hier gar nicht geben kann, befürchtete.

Und das ist auch eine besondere Erfahrung, die ich bei meinen Besuchen im Alters- und Pflegeheim gemacht habe: nämlich, dass die älteren Menschen fast wieder zu „verkindlichen" scheinen. Meiner Meinung nach verzichten sie immer mehr darauf, ihren gerade in unserer heutigen Gesellschaft so wichtigen kommunikativen Schutzschirm aufzubauen bzw. sie investieren dafür nicht mehr ihre letzten Ressourcen. Und gerade das macht sie so authentisch und liebenswert.

Bekannt war mir die alte Dame schon deshalb, weil sie immer so stolz über den Neufundländer ihrer Tochter berichtete. Dieser würde sie bei den Besuchen im Hause der Tochter immer „liebevoll" bewachen, indem er sich vor ihre Füße legt und sie dabei aber kaum die Couch verlassen darf.

Er schaut sie dann immer aus seinen großen fast tiefschwarzen Augen fordernd an, wenn sie mit dem Kraulen aufhört – so ihre Worte. Natürlich lasse ich sie in dem Glauben, dass das auch mit dem maßregelnden Blick einhergehende Geräusch aus den Tiefen dieses siebzig Kilogramm schweren, eher einem Grizzlybären als einem Hund ähnelnden Vierbeiner, natürlich nur ein wohl gemeintes Brummen sein kann. Auch wenn wir in diesem Fall noch lange nicht von einem „Problembären" sprechen müssen, so hatte doch hier vermutlich das Tier die Streicheloma längst unter seine Kontrolle gebracht.

„Das ist doch der Filou?" fährt es nun, wenn auch etwas zögerlich, aus ihr heraus.
„Genau, das ist der Filou", sage ich im vollen Brustton und bestätige damit noch einmal den Mut meiner „Schülerin". „Und der Name „Filou" kommt ja aus dem Französischen und heißt frei übersetzt ein ausgekochter schlitzohriger Typ", sage ich und „Der Filou trägt seinen Namen nicht umsonst, denn er war von seinen elf Geschwistern der Größte und der Dickste, also er hat genau und am besten gewusst, wie er an die Milch seiner Mama herankam"… und tatsächlich war es so, doch dazu später mehr.
Nachdem ich dann wieder einmal erfahren habe, dass viele der Leute um uns herum ja auch schon Hunde kennen, wie zum Beispiel den kleinen Spitz Max der ehemaligen Nachbarin, der ja so hinterhältig war, weil er den Hausmeister immer in die Waden kniff. Oder der Dackelrüde einer Cousine, der keinen Besuch auf die Couch und wenn er es dann doch geschafft hat nicht mehr herunter ließ, stellte ich in den Raum: „Ich glaube Sie kennen nicht nur Hunde, nein in jedem von Ihnen steckt auch ein „kleiner" Hundetrainer!"

Da Selbstvertrauen nicht nur einem, in diesem Fall älteren Menschen gut tut, ist diese Aussage gleichzeitig Ansporn bei der folgenden Übung, nämlich den Hund zu sich zu rufen, „Sitz" machen und „Pfötchen" geben zu lassen sowie dann in der Folge als Belobigung ihm ein Leckerli zuzustecken. Natürlich ist Filou vorab in diese „Nummer" eingeweiht und er sagt sich immer, für etwas „Taschengeld" in Form eines Wurststückchens mache ich das Theater doch gern mit.

Doch nicht immer ist er mit dem Übungsablauf, an dessen Ende ja die leicht verdiente Beute wartet, einverstanden. Mithin kam es nämlich vor, dass ein Stück dieser frisch geräuchert geradezu duftenden Belobigung im Mund des bzw. der angehenden Hundetrainers bzw. -trainerin verschwindet, noch bevor Filou sich überhaupt in Szene setzen konnte. Ich pflege mich dann, natürlich mehr im Spaß, an die Pflegekräfte zu wenden mit der Frage, wann es denn das letzte Essen gab.

Aber natürlich hat es dann bei einigen Versuchen geklappt und ich sah stolze Newcomer der Hundetrainerszene und einen vorerst zufriedenen Vierbeiner, wenngleich sein Blick auch sagte: „Lass uns mal weiter machen im Programm, das Ende der Wurst ist ja noch lange nicht erreicht!"

Und dieser eindringliche Blick ... wer ihn kennt, weiß wovon ich rede. Den haben ja auch schon die kleinen Hundewelpen drauf, nur ist es hier der „Bitte-nimm-mich-mit-Blick". Nur merken einige der Neuhundehalter später ganz überrascht, dass sich hinter diesem schmachtenden Augenaufschlag in der Folge nicht immer nur ein romantischer gemeinsamer Mensch-Hund-Alltag verbirgt.

Bei meinem Hund Filou tritt, wenn ich seinem Ansinnen nicht sofort nachkomme, eine anatomische Besonderheit ein. So bleibt nämlich sein rechtes Auge weiterhin starr auf mich gerichtet und die Pupille des linken Auges bewegt sich nach rechts, so als ob dieses Auge kontrolliert, dass das andere Auge der Forderung auch entsprechend Nachdruck verleiht. Nicht selten fragen in diesem Fall die Leute: „Ihr Hund schielt wohl?". In ihrer Wahrnehmung haben sie dann wohl recht.

Um nun die Teilnehmer auf meine nächste Übung im Programm überzuleiten, stelle ich die Frage: „Mit welchem Sinnesorgan arbeitet ein Hund wohl am meisten, wenn wir von den normal gebräuchlichen Nase, Augen und Ohren ausgehen?". Zur Sicherheit frage ich meistens noch, ob sie noch ein anderes Sinnesorgan kennen, natürlich ist dies meistens nicht der Fall.

Nachdem sich die Mehrheit für die Nase entschieden hat, was ich lobend bestätige, frage ich in die Runde, wievielmal mehr wohl ein Hund besser riechen würde als der Mensch. Laut wissenschaftlicher Untersuchungen ist dies ca. über eine Million Mal, bei einigen

Hunderassen, an der Spitze die Bloodhounds, sogar noch um ein Vielfaches mehr.

Natürlich habe ich die Frage schon oft gestellt und viele haben auch schon einmal die Antwort gehört, trotzdem beginnt von neuem wieder großes Rätselraten auf meine Schätzfrage. Eine Frau meint zehnmal und ein mutiger älterer Herr sagt tausendmal mehr. Als ich daraufhin sage, dass es viel mehr ist, berichtigt sich derselbe Herr und sagt jetzt: „…dann fünfhundertmal mehr". Um keine Verwirrung aufkommen zu lassen, löse ich auf. Alle sind erstaunt über das „unfassbare Ergebnis".

„Nun kommen wir zum praktischen Test", sage ich „…wir wollen doch mal schauen, ob bei unserem Filou die Nase richtig funktioniert". Alsdann lasse ich die Herrschaften in der Runde ihre Hände im Schoß übereinander legen – mit der Aufforderung, jeder solle so tun, als ob er einen Ball in den darüber geschlossenen Händen hält. Natürlich sind die beiden jetzt tuschelnden Bastlerinnen, die gerade geschäftig mit Scherenschnittarbeiten beschäftigt sind, nicht mit von der Partie.

Ich gehe nun alle Personen in der Runde ab, tue so, als ob ich jedem einen Ball gebe. Nur eine Person bekommt ihn dann aber tatsächlich, was Filou natürlich nicht sieht, weil er vorbildlich in Erwartung seiner Lieblingsübung, zur Vorführung seiner Spürnase, hinter mir auf der Decke sitzt.

Filou in Erwartung der Belohnung

Nun schicke ich ihn los mit dem Kommando „Such den Ball". Nach ein paar Runden im Kreis mit einem hörbaren Schnaufgeräusch (zur besseren Filterung der Geruchsstoffe) entschließt er sich für einen engeren und richtigen Publikumsbereich, legt aber dann sofort seine Schnauze auf den Schoß der involvierten Person und zeigt damit auf den Ball. Darauf folgen für ihn in strikter Reihenfolge Ball, Leckerli und Applaus sowie ein Blitzlicht des Presse-Fotografen, der gerade auf dem Boden zu liegen schien, um unter einem Stuhl heraus wahrscheinlich den Schnappschuss seines Lebens zu machen, während Filous aufgestellter Schwanz samt Hinterteil kräftig hin und her schwingt. Stolz und Freude pur!

Wie Man(n) auf den Hund kommen kann

Es war ein eher trüber und feuchter Novembertag vor etwa acht Jahren. Meine Lebensgefährtin und ich fuhren zu einem uns empfohlenen Architekten, welcher gerade dabei war, ein größeres Areal am Stadtrand von Chemnitz „urbar" zu machen, um darauf Häuser zu errichten und an Interessierte bzw. Kaufwillige zu veräußern. Wir hatten uns vorher schon ein paar Eigentumswohnungen angeschaut, was aber nie zu einer endgültigen Kaufentscheidung unsererseits führte.

Nach einer freundlichen Begrüßung saßen wir nun zum vereinbarten Termin im angenehm geheizten Büro, während der Architekt – ein etwa fünfzigjähriger mittelgroßer und sportlicher Mann – begann, in seinem Wirrwarr aus losen Blattsammlungen, welches sich über zwei große Schreibtische, ein reichhaltig bestücktes Reißbrett und große Teile des Bodens zu erstrecken schien, ein für unser Gespräch wohl sehr wichtiges Dokument zu suchen.

Wohlweislich, so mein Verdacht, bietet er seinen Kunden deshalb immer erst einmal einen Kaffee an, welchen auch wir gern und dankend annahmen, um die Zeit der offenbar obligatorischen Suche den angehenden Kunden mit Kaffeegeschmack und in der Hoffnung auf Nachsicht zu versüßen. Vielleicht machte das die Situation auch etwas entspannter, denn ein „wohlstrukturiert-süßliches" Verkaufsgespräch mit einem Herrn im Nadelstreifen und einem bunten Hochglanz-Exposé in den Händen, hatten wir ja erst bei einer Besichtigung einer Eigentumswohnung hinter uns. Nur fragte man sich beim Betreten der Wohnung, ob der Werbefotograf sich hier mal nicht im Hauseingang geirrt hat.

„Da ist es!" hörten wir nun den Ruf eines überglücklichen, dann auch gleich wieder sachlich und geschäftig dreinschauenden Haus- und Grundstücksplaners und zeigte in meine Richtung. Er kam auf mich zu, griff über meinen Kopf in das hinter mir befindliche Regal und breitete im Anschluss auf dem runden Besuchertisch vor uns das heilige Papier aus, eine für uns erst einmal nichts sagende schon etwas abgegriffene und vergilbte Strichzeichnung.

Wie sich herausstellte, handelte es sich um den Bebauungsplan, auf dem die späteren Grundstücke entstehen sollten. Die kryptischen Linien wurden für uns langsam zu klaren Strukturen. Die Möglichkeit, frei bauen zu können, ohne Auflage einer bestimmten Hausbaunorm, so die Ausführungen des Architekten, und das eingebettet in einer schönen Landschaft am Rande des Erzgebirges, umgeben von Wäldern und Feldern, mit schneller Anbindung an die Stadt … dieses Bild begann in unserer Vorstellung Raum zu greifen und ein gewisses Interesse zu erzeugen.

Hinzu kam die eher sachliche Art des Verkaufsgesprächs, also nicht unter dem Motto „Kaufst du zwei, kriegst du drei!", wie man das aus dem Verkaufsfernsehen kennt, wo es zur Universal-Küchenmaschine noch das zwölfte Gratis-Zubehörteil obendrauf gibt. Nein, hier hieß es: wer zuerst kommt baut zuerst, das auf einem beliebigen Grundstück im dargestellten Gelände des vor uns auf dem Tisch liegenden Grundrisses des Bebauungsplanes.

Da man dies nicht in zwanzig Minuten entscheidet und um uns etwas Zeit für weitere Fragen zu verschaffen, warf ich eine für mich anfangs unbedeutende Frage in die Runde, wie man es denn mit der Abgrenzung der Grundstücke im späteren Verlauf halten wolle. Er sehe eine grenzlose Bebauung vor, um einen „offenen Landschaftscharakter" zu erhalten, erwiderte der Architekt.

Ich kann heute nicht mehr sagen, aus welchen Tiefen meines Unterbewusstseins nun folgender Spruch aus mir herausbrach: „Das geht bei uns leider nicht, wir würden mit Zaun bauen wollen, da wir uns einen Hund zulegen möchten!".

Entstammte der „Zaunwunsch" einem übermäßigen Schutzbedürfnis, was noch aus meinen Kindertagen stammte? Ich wusste es nicht, wie auch meine Lebensgefährtin nichts von dem anstehenden Hundekauf ahnte. Wie sollte sie auch, ich wusste es ja selbst vor diesem Termin nicht, noch hatten wir uns jemals über solch eine Thematik unterhalten.

Da wir beide es nie zum Kampf auf offener Szene kommen lassen würden, erhielt ich nur einen entsprechenden Seitenblick, zwar nicht unter dem Motto: "Komm du mir nur nach Hause", sondern eher: „Wir sollten mal reden!"
Bei unserem Gegenüber muss es aber als die Meinungsäußerung einer geschlossenen Einheit angekommen sein, so dass er meinte: wenn dem so ist, sollte das kein Hinderungsgrund darstellen. Somit stand fortan neben dem vordergründigen Hausbaugedanke auch die jetzt nun einmal ausgesprochene, jedoch immer noch nicht wahrhaftige Idee eines Hundekaufs, welche sich aber bald manifestieren sollte, im Vordergrund meiner bzw. dann unserer Überlegungen.

Für den Hausbau hatten wir uns nach einigen Abwägungen entschieden. Neben den nun zwangsläufigen Planungen sowie Recherchen beispielsweise zum Thema Innenausbau, Fliesen, Badausstattung etc. kreisten meine Gedanken – und diesen folgend meine Finger auf der Computertastatur – bei der Suche entsprechender Internetseiten immer mehr auch um das Thema Hund sowie die Hunderten von Hunderassen und was man eben beim jeweiligen Erwerb und im Fortgang beachten sollte.
Vielleicht hat ja auch das schon alte germanische Zahlwort „Hund-ert" nicht nur namentlich etwas mit

Hund zu tun, was natürlich nicht wirklich ernst gemeint ist. Aber immerhin gab es schon eine Vielzahl von Hunderassen im Altertum, wie kleine Schoßhündchen bei den frühen Ägyptern oder Rottweiler bei den alten Römern, die, dank ihrer nicht nur kräftigen Statur, als Kampfgefährten mit in den Krieg ziehen durften.

Wie neue Forschungen besagen, ist der Hund, anfangs noch als Abkömmling des Wolfes, schon mit Beginn der Menschwerdung soziale Bündnisse mit dem Homo sapiens eingegangen, also nicht erst seit 30.000 Jahren, wie oft behauptet wird. Damit bekam er dann auch genügend Zeit, sich in den unterschiedlichsten Größen, Formen und Farben züchten zu lassen – und das leider nicht immer nur zu seinem Nutzen. Wenn er nicht so ein feines Geruchsorgan hätte, würde er in manch einem hündischen Gegenüber gar keinen Artgenossen mehr erkennen, von den daraus resultierenden körpersprachlichen Kommunikationsproblemen mal ganz abgesehen.

Jedenfalls war ich über mich selbst verwundert, dass ich vom Hund nicht mehr ablassen konnte, zumal ich nach einem Ereignis etwa zwölf Jahre vorher schon einen Deckel auf das Thema hätte draufmachen können. Auf Wunsch begleitete ich damals einen ehemaligen Schulfreund ins nahegelegene Tierheim, da er mit dem Gedanken spielte, sich einen Vierbeiner zu-

zulegen. Wir standen vor dem Tor des Heimes, kein Mensch war zu sehen und auch keine Klingel, um sich akustisch bemerkbar zu machen. So öffneten wir das schmiedeeiserne Tor und traten auf den Vorplatz, umrahmt von den Rückfronten einiger Zwinger und einem Verwaltungsgebäude in Form eines langgezogenen Flachbaues.
Ohne weiter auf uns aufmerksam gemacht zu haben, öffnete sich die Tür des Gebäudes und was sich jetzt innerhalb von einer Minute abspielte, sollte mir danach wie eine Ewigkeit vorgekommen sein und eine unvergessliche Situation in meinem Leben bleiben.

Im Türrahmen zeigte sich der Kopf eines Mannes und noch bevor der Rest des Körpers dem folgen konnte, schossen zwei Hunde durch die Tür, zum einen ein Riesenschnauzer, der seinem Namen alle Ehre machte und hinterher ein oben erwähnter „römischer Kampfhund", seines Zeichens ein Rottweiler. Mein Freund hatte derweil die Zeichen richtig erkannt und landete mit einem mehr als artistischen Sprung über das Gartentor wieder auf der Straße, während sich die zwei „Ungetümer" zwecks nun mangelnder Alternativen allein mir zuwandten. Dabei schwang der Riesenschnauzer seine Vorderpranken auf meine Schultern und der Rottweiler packte mich am rechten Arm.
Zum Glück, muss ich heute sagen, war es gerade Winter und ich hatte dicke Kleidung an, so dass ich weni-

ger die Zähne, sondern eher den schraubstockartigen sich verstärkenden Druck des Rottweilergebisses verspürte, das nun samt Hund an mir zu zerren begann, während sein Kumpel mir auf Augenhöhe in die meinigen starrte.

In diesem Moment nimmt man die Umwelt nicht mehr wahr, auch ich handelte nur noch aus dem Instinkt heraus, wurde auf diese Art aber zum Spielverderber der ja sowieso ungleichen und von mir auch nicht unbedingt gewünschten Rauferei. Auch wenn mein Adrenalin alle zulässigen Pegelstände zu sprengen schien, versuchte ich erst einmal festen Stand zu bekommen, auf alle Fälle den Kopf oben zu behalten, dabei meinem gerade kennengelernten Visasvis nicht den Gefallen zu tun, seinen starren Blick auch nur im Ansatz zu erwidern und meinen rüttelnden Freund in der unteren Etage soweit es ging einfach zu ignorieren. Binnen weiterer etwa dreißig Sekunden war, wie aus heiterem Himmel, der Spuk vorbei.

Als wenn ich sowieso schon immer zum „Team" gehören würde, ließen die beiden ganz plötzlich von mir ab, begannen jetzt eher gelangweilt auf dem Boden des Vorhofplatzes zu schnüffeln, so unter dem Motto, hier draußen muss es doch auch noch etwas Interessantes geben.

Ich hatte damals zum richtigen Zeitpunkt die richtigen Entscheidungen getroffen. Aber auch mein Wissen,

dass die Hunde eigentlich nur, wenn auch sehr ehrgeizig, ihrer Aufgabe – dem Beschützen ihres Territoriums – nachgingen, hatte mich erst einmal nicht weiter zur Beschäftigung mit der Hundethematik veranlasst.
Wie sich dann aber herausstellte, konnte das meinem ganz tief in mir verwurzelten ursprünglichen Wunsch nichts anhaben. Als kleiner Junge wollte ich immer einen Schäferhund, als Ersatz flatterte aber stattdessen ein gelber Wellensittich mit dem sehr gebräuchlichen Namen Bubi durch unser Kinderzimmer. Aber ich war damals immer wieder gern bei meinem Onkel auf dem Land, der viele Tiere wie Kühe, Schweine, Tauben, mal ein verletztes Reh und eben auch einen Schäferhund hielt.
Seine Tierliebe wurde jedoch schon in Kindertagen auf eine harte Probe gestellt. Als er eines Tages stolz einen streunenden Hund mit nach Hause brachte, nahm sein Vater, mein Opa, diesen und ertränkte ihn in der Regentonne hinterm Haus. Nun geht es hier aber nicht darum, einen Mann, also meinen Großvater, der gerade traumatisiert aus der fünfjährigen russischen Gefangenschaft heimkehrte und dafür zu sorgen hatte, dass in der sehr kargen Nachkriegszeit für eine sechsköpfige Familie etwas auf den Tisch kam, zu verurteilen. Teilweise kochte man sich ja selbst Kartoffelschalen auf, was bleibt dann noch für einen vierbeinigen Mitesser.

Bei meinem Onkel hat es aber vielmehr die Liebe zum Tier und speziell zum Hund wohl eher nur verstärkt und heute, 75-jährig, hat er bestimmt seinen geschätzt zehnten Hund. Allerdings würde ich mich im Gegensatz zu ihm immer für die Variante „Haushund" entscheiden – also für eine direkte Sozialpartnerschaft, und nicht, wie er, für die auf dem Land so oft praktizierte Zwingerhaltung.

Doch vom Grundsatz her steckt wohl eine gewisse Sehnsucht in jedem Kind, nämlich der Wunsch nach einer unerschütterlichen und verlässlichen Freundschaft – zu sehen ja auch oft in den mitunter sehr inszenierten und zu Tränen rührenden Filmen wie „Krambambuli", „Lassie", „Wolfsblut", „Hachiko", um hier nur einige zu nennen.

In diesen Filmen steckt viel Wahrheit, aber nicht die ganze, denn ein Akita, selbst wenn er auch den Film- bzw. seinen tatsächlichen Namen „Hachiko", da diese Geschichte ja auf einer wahren Begebenheit basiert, von seinem Halter erhält, kann in einer städtischen Mietwohnung eine große Herausforderung darstellen. Auch wenn der „eintausend-und-erste Dalmatiner" kurze Zeit nach dem gleichnamigen Kinoschlager im Tierheim landet bzw. eine Rasse so überzüchtet wird, dass man mehr Zeit beim Tierarzt als beim Spaziergang in der freien Natur verbringt sollte das zumindest nachdenklich machen.

Unser Hausbau war indes in der Endphase, auch unsere Überlegungen, ob ein Hund darin mit einzieht.

Wir machten uns diese Entscheidung nicht leicht. Die Rahmenbedingungen dafür, insoweit waren wir uns einig, stimmten, da ich von zu Hause aus arbeite und auch meine Lebensgefährtin sich die ein oder andere Gassirunde vor bzw. nach ihren Bürozeiten vorstellen konnte.

Und doch wurde erst einmal der „Lufthund" in den nächsten Wochen für uns ein gängiges und geflügeltes Wort. Man kennt ja die Verrenkungen von Menschen, welche so tun, als ob sie mit einer E-Gitarre eine Arena von mehreren tausend Menschen zum Ausflippen bringen. Doch statt ihr beispielsweise „High Way to Hell" von AC-DC in die Saiten zu schlagen, ist dies nur auf einem nicht vorhandenen Instrument imitiert. Mittlerweile gibt es ja auch hier schon Luftgitarren-Weltmeisterschaften.

Daran angelehnt hatte nun, vor unserer endgültigen Entscheidung, bei uns ein kleiner „Lufthund" Einzug gehalten und fast spaßig wurde es für uns zu einer Manie, bei allem Tun, ob im Alltag, im Urlaub oder bei unseren sportlichen Aktivitäten den in Wirklichkeit gar nicht vorhandenen Vierbeiner mit einzubeziehen. Vielleicht sollte man ja auch einmal über die Austragung von Lufthund-WM´s nachdenken. Manch einem „Wanderpokal", wie man die immer wieder im Tierheim landenden Hunde nennt, würde so vielleicht

sein Schicksal erspart bleiben. Außerdem hätten manche Heime so manches tierische Problem nicht.
Uns hat es jedenfalls bei unserer Entscheidung geholfen und letztendlich in unserem Vorhaben, die nächsten Jahre mit einem Vierbeiner zu verbringen, gestärkt.
Ein Hund, dazu ein recht sportliches Exemplar, ein Magyar Vizsla, was ein ungarischer Jagd- und Vorstehhund ist, sollte und würde es sein. Ich begann also, einige Züchter telefonisch zu kontaktieren, wovon wir dann in der Folge auch einige nach Vereinbarung aufsuchten, was außer Frage stehend immer zu empfehlen ist. Wir haben uns dann für eine Züchterin, etwa 90 Kilometer von uns entfernt, entschieden und ein Wurf kündigte sich auch in etwa drei Monaten an.
So waren wir in Erwartung und Vorfreude auf unseren künftigen Mitbewohner und für unser Grundstück ja öffentlich angekündigten „Hausbeschützer".

Wir waren noch nicht ganz fertig mit dem Hausbau, auch ließ die Geburt des Ankömmlings noch auf sich warten, da erhielten wir einen Anruf der Züchterin, sie hätte aus einer familiären Notlage heraus einen gut sozialisierten, allerdings schon drei Jahre alten Hund, einer ihrer ehemaligen Schützlinge, für uns. Wir könnten ihn sofort abholen und es böte ja den Vorteil, dass wir einen schon gestandenen Rüden, welcher ja aus dem Gröbsten heraus ist, sofort übernehmen könnten.

Berry kurz nach unserer Abholung

Das schien uns plausibel und nach kurzem Überlegen, jedoch mit der Maßgabe dieses Experiment auch bei Nichtfunktionieren abbrechen zu können, saß am nächsten Tag ein sich durchaus mit uns anfreunden zu wollender Magyar Vizsla neben mir auf der Rückbank, auf der Heimfahrt zu unserer Noch-Mietwohnung Richtung Chemnitz.

So kam es, dass der Vizslarüde „Berry" bei uns einzog. Das aber leider nicht von langer Dauer, wie sich noch herausstellen sollte. Seine Geschichte endete später sehr tragisch!

Vom „bösen" Wolf

„Wenn man den Filou so sieht...", sage ich in die Runde, „...glaubt man ja eigentlich nicht, dass er ursprünglich von einem wilden Tier abstammt. Von welchem wilden Tier stammt denn der Hund, also nicht nur der Filou, ab?", frage ich weiter. Alle schauten zuerst auf mich, dann auf den in Erwartung der nächsten Aufgabe brav auf seiner Decke sitzenden Filou.

Obwohl natürlich jeder die Antwort schon einmal gehört hat bzw. sowieso kennt, nun erst einmal wieder ein Augenblick der Stille.

Hierzu muss ich vielleicht noch einmal die Struktur meiner „Schulklasse" der ca. 70- bis 90-jährigen erläutern. Es handelt sich hier um eine gesonderte Abteilung des Heimes, die Tagespflege, d.h. die Pflegebedürftigen werden früh von zu Hause abgeholt und abends nach Hause gebracht, mit dem „Schulbus" könnte ich spaßigerweise sagen. Doch hinter jeder Person steht eine individuelle Alters- bzw. Krankengeschichte, von leichter Demenz bis hin zu anderen körperlichen und geistigen Defiziten, die das Alter eben naturgemäß so mit sich bringen kann.

Selbst zwei ca. 55- bis 60-jährige Männer sind dabei. Einer davon scheint zwar geistig sehr vital, doch von einem Schlaganfall gezeichnet, und der andere, den hier alle Bernd nennen, sitzt teilnahmslos mit hängendem Kopf, scheinbar geistig gar nicht im Hier und Jetzt, in seinem Rollstuhl. Das sollte sich für mich und alle Anwesenden sowie selbst für die Pflegekräfte überraschenderweise aber noch für einen mehr als nur großen Irrtum herausstellen.

In diesem Gemisch unterschiedlichster Befindlichkeiten ist natürlich nicht von der Gruppendynamik einer kurz vor der Prüfung stehenden Abiturklasse auszugehen.

Aber das macht nichts, hier haben wir Zeit!

Unsere beiden flotten Absolventinnen in Reihe zwei können ihre Heißklebepistolen, mit denen sie sich zwischenzeitlich bewaffnet haben, vor freudigem Übermut, weil die Antwort längst wissend, kaum zielgerichtet zum Einsatz bringen. Ich freue mich insgeheim mit ihnen, denn ist es nicht schön, einem „alten" Menschen, zu deren „Gattung" die beiden Damen zweifelsfrei und unbestritten gehören, zumindest in diesem Raum das Gefühl zu geben, die Teenager hier zu sein? Auch wenn sie mich eher an die lustigen Opas in der Zuschauerloge der Muppet-(puppen)show erinnern. Genau wie diese sind sie längst und ohne es zu wissen Teil des Programms geworden.

Wieder meldet sich meine Musterschülerin, die „Neufundländer-Oma", zuerst, lasse aber dieses Mal einen Herrn zu Wort kommen, der mir sofort „... na der Wolf!" entgegen schmettert.

„Na klar der Wolf,… und um den Wolf ranken sich ja viele Mythen und Sagen" versuche ich dieses Thema aufrecht zu halten. „Außerdem kennt man ihn ja auch aus einigen Märchen. Welche Märchen…" setze ich fort „… sind Ihnen denn bekannt, wo der Wolf eine maßgebliche Rolle spielt?". Wer anderes, als die vor mir sitzenden Jahrgänge sollten denn sonst Gebrüder Grimm-fest sein, sagte ich mir.

Überraschenderweise kam jetzt ein Ruf aus der zweiten Reihe von einer der beiden „Bastel-Ladies" mit der siegessicheren Antwort „Hänsel und Gretel". Nun wollte ich nicht gleich das Angebot zur Zusammenarbeit im Keim ersticken und sagte nur, dass ein Wolf mit Sicherheit im Wald zugegen war, in dem sich die beiden Märchengeschwister verirrten, aber eine tragende Rolle hätte er doch eher in einem anderen bekannten Märchen z. B. das mit dem kleinen Mädchen mit einer roten Kappe.

„Rotkäppchen" kam dann, wie aus der Pistole geschossen, von einer Frau, die in meinem Rücken saß. „Der Wolf mit den Geißlein" …setzte ihre Nachbarin gleich noch hinterher.

Auf meine Rückfrage, wie viele Geißlein es denn im gleichnamigen Märchen waren, einigten wir uns dann auf sieben Stück und eine Dame konnte sogar noch das Detail hinzufügen, dass sich ja das kleinste Geißlein im Uhrenkasten vor dem bösen Wolf versteckt hat.

„Toll!" sage ich und rufe Filou im selben Augenblick zu mir, dem ich ein etwa fünfzig Zentimeter langes, an den Enden verknotetes Seil vor die Nase halte, mit der animierenden Geste mit mir daran zu zerren, worum er sich nicht lange bitten lässt.

Nun bin ich mit meinen 183 Zentimetern und 90 Kilo wahrlich kein Leichtgewicht, aber man muss schon ganz schön gegenhalten bei einem ja gerade mal, aber in diesem Fall immerhin, dreißig Kilogramm schweren Hund. Und um zu zeigen, was in ihm steckt, setzt er nicht nur all seine ihm zur Verfügung stehende Kraft ein, ergänzend sendet er mir während unseres Zerrspiels noch ein für alle hörbares tiefes und bedrohliches Knurren entgegen. In seinen Augen scheine ich dabei zu lesen: „Du, wir müssen das Ganze hier ja auch ein bisschen authentisch wirken lassen" – was seine Wirkung nicht verfehlt, denn einige der älteren Damen beginnen sich die Hände vors Gesicht zu halten, wie man es bei schlimmen Grusel- und Horrorfilmen tut.

Während wir beide also für kurze Zeit den Aufenthaltsraum des Altersheimes zur Kampfarena machen, erkläre ich – darauf bedacht mein Gleichgewicht zu halten – den Leuten um mich herum, was hier sehr gefährlich aussieht, sei ein ganz typisches wölfisches und hündisches Verhalten.

So würden die jungen Wolfs- und Hundewelpen schon beizeiten lernen, ihre Kräfte zu messen und später, zumindest so die Wölfe, ihre Beute zu teilen. Nur hätte ich, fahre ich fort, dabei noch immer mit Filou um das Seil ringend, mit einem wilden Wolf spätestens an dieser Stelle ein Problem. Er würde mir die Beute, hier das Seil, nicht kampflos überlassen. Im Gegenteil: er würde mir eins husten, wie man das ja manchmal so sagt.

Bei meinem Filou muss das aber klappen, füge ich an und sage im ganz normalen aber bestimmenden Ton zum sich immer mehr reinsteigernden vierbeinigen Gladiator: „Aus"!

Von einer Sekunde auf die andere verstummt das Knurren, er lässt augenblicklich vom Seil ab und ich selbst lasse dieses auf den Boden fallen – um zu demonstrieren, dass auch jetzt für Filou die simulierte Beute kein Thema mehr ist und sein darf.

Mehr zum Scherz frage ich, ob es Freiwillige gibt, die das auch einmal probieren möchten. Unerwartet meldet sich ein stämmiger Herr in einem Rollstuhl, der nach seiner Aussage früher selbst einen großen Hund hatte, die Rasse ihm aber entfallen sei.

Ich ließ es drauf ankommen, gab ihm das Seil, natürlich im Glauben, jederzeit zu wissen, was ich tue. Doch zum Glück, muss ich sagen, waren die Bremsen seines Gefährts nicht allzu sehr festgestellt, so dass der mutige Hundedompteur nicht aus dem Sitz gerissen wurde, als Filou das Seil wie gewohnt ruckartig ergriff.

Mein kleiner Freund hat auch schnell erkannt, dass er hier wohl nicht wie mit einem römischen Streitwagen durch die Gänge des Heimes, im Schlepptau einen womöglich noch johlenden Rentner, vorbei an applaudierenden Heimgästen rasen kann.

Fast etwas über sich selbst erschrocken und die Besonderheit der Situation sichtlich spürend, ließ er von sich aus das Seil fallen.

Da war er wieder: mein und deshalb hier engagierter kleiner „Therapeut"!

Filou bei einem seiner Besuche

Nach einem kurzen allgemeinen Atemanhalten gehörte beiden der jetzt erleichternde Applaus, welcher sogar die Damen im zweiten Rang ergriff.

Als ich Filou auf seine Decke zurückschicken will, bemerke ich jetzt wieder die schon eingangs beschriebene typische Augenbewegung seines linken Auges. Und dieses Mal setzt er, bevor er es nach innen wendet, noch eins drauf, indem er mit diesem mir kurz zuzwinkert.

„Habe verstanden",... mein kleiner Freund soll für seine Rolle als „ehrenamtlicher Spartakus" natürlich eine verdiente Gage erhalten. Dann trottet er genüsslich, die verabreichten Wurststückchen kauend, zu seiner Decke, auf der er sich hörbar, eben wie nach einem schweren Ringkampf, fallen und ein tiefes Stöhnen erklingen lässt. Den Kopf zwischen seine Vorderpfoten auf dem Boden postierend, scannt er nun alle Personen im Rund, dies ohne nur eine kleinste Kopfbewegung.

Wen wundert´s, hat er doch, wie alle Hunde, einen fast dreimal größeren Sichtbereich als der Mensch, um sich noch einmal der wohlwollenden Blicke zu vergewissern.

Dieses beruhigende Bild war nun auch wieder ein Schnappschuss des immer noch anwesenden und stets präsenten Fotografen von der Tageszeitung wert. Um die Geschichte vom Wolf jetzt noch abzurunden, wies ich darauf hin, dass ja in manchen Gebieten von Deutschland schon erste Rudel wieder heimisch sind.

Da ich mit Filou sehr viel im Wald unterwegs bin und hier auch oft mit Jägern ins Gespräch komme, erhielt ich dabei die Information, erwiesen an Wildrissen und Fährtenspuren, dass auch unweit unseres Stadtgebietes einzelne, wie man sagt, durchziehende Wölfe, vermutet werden.

Auch soll ein Wolf neulich von einem mir bekannten Wald-Gaststättenbesitzer gesehen worden sein, so seine „vertrauensvolle" Aussage mir gegenüber. Stolz gab ich dieses Wissen, natürlich „auch nur im Vertrauen", an meine gespannten Zuhörer weiter.

Das rief natürlich die Reporterin der Lokalzeitung auf den Plan, welche bisher sehr aufmerksam und beflissentlich die Highlights in ihr Büchlein notierend im Hintergrund auf einem Hocker saß.

Trotz unveränderter Raumtemperaturen schien sich bei diesem kaum ausgesprochenen „Wolfsgerücht" ihre Brille plötzlich zu beschlagen. Ihre allererste Frage in dem später vereinbarten Interview nach meinem Programm sollte dann auch sein, wer denn die Quelle der Wolfssichtung wäre und ob ich Näheres wüsste, sichtlich die Schlagzeilen schon vor Augen: „Meister Isegrim vor den Toren von Chemnitz" oder „Ein Wolf belagert die Stadt"!

Ich kann aber schweigen, da ich eine „eidesstattliche" Aussage nicht für sehr hilfreich hielt, um eben auch nicht Teil einer Hysteriekette, was ja ein nicht unbedingt untypisches Symptom unserer heutigen „bunten Presse" ist, zu sein. Und zu Hilfe sollte mir dann auch wieder einmal Filou kommen, indem er sich dem Kuchenteller, welcher nach dem Programmende für die alten Herrschaften bereitstand, mit sichtlichem Interesse zuwenden wollte. Hier war natürlich und glücklicherweise ein sofortiges Einschreiten des „Dompteurs", also von mir, gefragt. So hatte ich elegant diese Klippe umschifft.

Abschließend, also erst einmal an dieser Stelle meines Programms, gebe ich dann immer gern noch einen wichtigen Tipp, nämlich, wie man sich fremden Hunden gegenüber verhalten sollte. Zu diesem Zweck lasse ich alle, erst einmal noch unwissend über den tieferen Sinn dieser Körperertüchtigung, wild mit den Armen in der Luft kreisen, natürlich im Rahmen der individuellen Möglichkeiten. Dabei bewundere ich die allgemein intakte Motorik und breche diese gymnastische Übungseinheit abrupt mit einem laut hörbaren „Stopp" ab. Noch voller Stolz ihrer gerade gelobten körperlichen Fähigkeiten sage ich dann: „Genau das sollte man bei Hunden nicht tun!". Auch erweise man dem Vierbeiner den größten Respekt, wenn man ihn erst einmal gar nicht beachtet, also weder anschaut noch berührt.

„Lassen Sie sich einfach von seiner Nase begrüßen! … dann wird er Ihnen zeigen, was er gerne mag und wird vielleicht sogar zu Ihrem Freund!"

Die Sache mit Berry und ein Welpe kommt ins Haus

Er hatte es sich auf der Decke neben mir sichtlich bequem gemacht und schien auch nicht besonders erregt in der Erwartung zu sein, was denn nun alles Neues auf ihn zukommt. Berry, ein gestandener Rüde, jetzt aber der Länge nach auf dem Autorücksitz liegend und dabei friedlich in den Schnarchmodus übergehend, fügte sich seinem Schicksal.
Aus unserem „Lufthund" war in diesem Augenblick Fleisch und Blut geworden und wir zuerst einmal stolzen Hundebesitzern.

Als wir zu Hause ankamen, sollte unser Stolz gleich noch beflügelt werden. Eine Fenster putzende Frau aus dem Erdgeschoss unseres Hauses, welche uns beim Aussteigen beobachtete, sah natürlich, dass nicht wie gewöhnlich nach zwei Personen die Autotüren ins Schloss fielen. Nein, dieses Mal kam noch etwas hinterher. Sie bemerkte es sofort mit den Worten: „So ein schöner Hund, …sie haben den wohl zur Pflege?".
Zum einen hatte sie natürlich recht: Berry war wirklich ein Bild von einem Hund, mit seiner etwa 65 Zentimeter Rückenhöhe war er muskulös gebaut, trotzdem schlank und durch seine aufrechte Körperhaltung zeigte er eine gewisse Würde, …der unkastrierte, voll

im Saft zu stehen scheinende Magyar Vizsla-Rüde, welcher jetzt unserem Auto entstiegen war.

Zum anderen konnten wir natürlich verneinen und meinten, dass er seit heute uns gehören würde.

„Wenn das nur mein Günter gesehen hätte!", seufzte sie nun und wischte sich mit dem Fensterputztuch in ihrer Hand eine Träne von der Wange.

Ihr kürzlich verstorbener Mann war ein ambitionierter Hobbyjäger. In seinem Keller hing er mal ein gerade geschossenes Reh ab, wie man den Vorgang wohl nennt. Neben einer Flasche Bier und interessantem „Jägerlatein" waren wir dann auch schnell beim „Du". So erfuhr ich von Günter, dass er eben gern einen Hund für die Jagd hätte, aber seine Frau das nicht wolle, und schon gar nicht in der kleinen Mietwohnung. Also er hätte sich zumindest an diesem Anblick des stattlichen, rötlich-braunen, von der ganzen Sache unberührt scheinenden Vierbeiners und Jagdhundes jetzt vor seinem Fenster erfreut.

Nach dem Betreten unserer Wohnung schien sich Berry dann auch gleich sichtlich heimisch zu fühlen, in dem er mit einem mühelosen und selbstbewussten Satz unsere Couch kaperte.

So war das natürlich nicht vorgesehen. Insoweit waren wir uns vorher schon einig, so dass ich ihn mit einem Kommando und einer entsprechenden Handbewegung andeutete, das Sofa zu verlassen.

Nun muss ich erwähnen, dass ich bis zu diesem Zeitpunkt noch nicht sehr viel praktische Hundeerfahrung gesammelt hatte. Als ich noch allein wohnte, hatte ich ab und zu den Westhighlandterrier meiner Schwester, auch Westi oder CESAR-Hund genannt, bei mir. Dieser war oft stundenlang allein zu Hause, so dass ich mich liebend gern erbarmte.
Nicht selten setzte er in die Wohnung meiner Schwester ein „Frusthäufchen". Einmal war es sogar so, dass meine Schwester nur mühsam zur Wohnungstür hereinkam, weil „Dusti", wie der Hund hieß, die Auslegeware hinter der Wohnungstür mit seinen Pfoten aufgescharrt hatte. Meine Schwester möge mir verzeihen, wenn mich diese Sache heute noch belustigt. Doch ein ernster Hintergrund steckte schon dahinter, nämlich eine mangelnde Auslastung und Beschäftigung.

Ich hatte nun mein Kommando an „King Berry" etwas schärfer formulieren müssen, denn er saß auf unserer Couch wie auf einem selbstgewählten Thron, ungerührt meiner Anstalten und ohne auch nur mit einer Wimper zu zucken.
Ein guter Start, dachte ich so bei mir, dann muss es eben auf eine andere Art funktionieren. Ich griff in sein Halsband und versuchte, ihn so von der Couch zu ziehen. Er hingegen stemmte sich, dabei bedrohlich knurrend, mit all seinem Gewicht dagegen. Da ich

mich davon und seinem mich fixierenden Blick nicht beeindrucken ließ, fügte er sich dann aber doch meinem couragierten Vorgehen, weiterhin knurrend und mit einem unmissverständlichen Blick, der zu sagen schien: „Die Sache mit dem Sitzmöbel hier ist noch nicht geklärt!".

Eigentlich hätten hier bei uns schon ein paar Alarmlichter angehen müssen, denn ein gut sozialisierter Rüde war uns ja angekündigt wurden. Ich maß der Sache allerdings erst einmal nicht allzu viel Bedeutung bei und meinte zu meiner Lebensgefährtin, ein ausgedehnter Spaziergang könne die für alle Seiten erst einmal neue Situation entspannen.

So ging es dann auch, nach einer kurzen Verschnaufpause, auf eine nahegelegene Hundewiese, vorsorglich bewaffnet mit einer zehn Meter langen Schleppleine, mit der man ja den Hund auch auf Distanz unter Kontrolle halten kann, einem Gummispielzeug sowie einem Zerrseil. Für unsere Kennlern- und Spieleinheit hatten wir etwa zwei Stunden Zeit, da ich für den Nachmittag einen Termin mit einer mir bekannten Hundetrainerin, schon vor der Abholung von Berry, ausgemacht habe.

Diese hatte mittlerweile das Tierheim übernommen, in dem ich damals die unliebsame Begegnung mit den zwei vierbeinigen Leibwächtern hatte. Sie führt heute dort eine Tierpension, trainiert Hunde und bildet Blindenhunde aus. Ein Déjà-vu war heute an gleicher Stelle aber nicht geplant.

Wir ließen also Berry erst einmal freien Auslauf, was ihn sichtlich begeisterte. Das Gummispielzeug, welches wir ihm zuwarfen, um es wiederzubringen, ignorierte er auch nach mehreren Versuchen völlig. Das Zerren mit dem Seil war hingegen voll sein Ding. Einmal schnappte er so zu, dass er dabei meine Hand erwischte. Mehr aus dem Schreck heraus, also ohne dass er mich ernsthaft gebissen hätte, schrie ich auf. In diesem Moment waren wir wohl beide erschrocken, denn auch er hielt sofort inne, brach das Spiel ab – und es geschah etwas, was uns lange danach noch tief beeindrucken sollte.

Berry schaute mir in die Augen, in denen er wohl noch den Schreck lesen konnte, wandte sich dann ab und fing scheinbar an, im Gras nach etwas zu suchen. Und tatsächlich war das, was er fand, das vorher für ihn nicht existente Gummispielzeug, welches er aufnahm und mir in die Hand legte.

Mit diesem Bild noch vor Augen setzten wir uns dann ins Auto und fuhren zu der mir bekannten Hundetrainerin. Wir haben den Termin bei ihr gemacht, um unseren Sprössling mal in Augenschein nehmen zu lassen und vielleicht auch ein paar hilfreiche Tipps für den Start zu erhalten. Die Begutachtung mit ein paar Tests ergab dann das Urteil einer ziemlich dominanten

Verhaltenstendenz, was aber mit Konsequenz zu bewältigen wäre.

Mit diesem Prädikat, aber positiv im Glauben, dass alles gut werden würde, fuhren wir dann wieder nach Hause.

Wieder dort angekommen, wiesen wir Berry dann eine Decke zu, auf der er sich dann auch erleichtert niederließ und widmeten uns gemeinsam in der Küche erst einmal der Zubereitung unseres Abendessens sowie dem unseres Neuankömmlings. Bei einem Glas Rotwein ließen wir dann die Geschehnisse des Tages noch einmal an uns vorüber ziehen und konnten auch schon wieder scherzen, als meine Lebensgefährtin sagte: „Bloß gut, dass Berry nicht Ben heißt." Ich hatte keine Ahnung, was sie damit meinte.

„Nun", sagte sie, „... man würde ihn beim Tierarzt mit Vizsla Ben aufrufen."

Da die Hunderasse Vizsla wie „Wischla" ausgesprochen wird, könnte im Sächsischen leicht die Wartezimmer-Durchsage so verstanden werden: „Wischlappen bitte ins Sprechzimmer!"

Wir hatten also nun beschwingt den Tag Revue passieren lassen und auch das Tier ausreichend versorgt.

Bevor wir uns zur Nacht fertig machten, kam uns dann noch ein guter Gedanke. Die für unseren anstehenden Umzug in unser neues Haus schon bereitstehenden und noch zusammengeklappten Umzugskar-

tons standen im Flur bereit. Warum diese nicht aufklappen und einige auf die Couch stellen, um Berry gar nicht erst wieder auf dumme Gedanken kommen zu lassen und klar zu stellen, dass die Besitzverhältnisse hier geklärt sind. Gesagt, getan!
Im festen Glauben an das Gelingen dieser genialen Idee schliefen wir auch ziemlich rasch ein.

Die Sonne weckte uns am nächsten Morgen wie immer durchs Schlafzimmerfenster. Die Nacht war ruhig verlaufen, denn wir hörten weder Gebell noch andere Geräusche aus dem gleich angrenzenden Wohnzimmer, wo Berry die Nacht verbrachte.
Beim morgendlichen Gang ins Bad warf ich dann einen Blick durch die halb offene Wohnzimmertür. Obwohl ich hellwach war, musste ich bei diesem Bild meine Augen noch einmal reiben. Die abends noch fein auf das Sofa drapierten Kartons lagen, zwar alle unversehrt, aber überall im Wohnzimmer verteilt auf dem Boden. Von der Couch sah mich ein teilnahmslos gähnendes Hundetier an. Um seine wiedergewonnenen Ansprüche untermauern zu wollen, streckte er seine Vorder- und Hinterläufe so aus, dass die gesamte Sitzfläche von seinem Körper bedeckt war.
Ich dachte: okay, dann das gleiche Spiel wie einen Tag vorher.
Doch dieses Mal folgte seinem Knurren, bevor ich noch in sein Halsband greifen konnte, ein tieferes und

augenscheinlich nicht spaßig gemeintes Drohbellen, welches sich mit einem nicht zu ignorierenden Zähnefletschen in meine Richtung abwechselte. Ich zog meine Hand langsam nach hinten, blieb noch einen Moment ruhig stehen und ging dann langsam zurück. Der Punkt ging an ihn!

Er schien es dieses Mal besonders ernst zu meinen. Auch wir machten uns jetzt ernsthaftere Gedanken, welche sich im Laufe des Tages noch verstärken sollten, denn wir merkten immer mehr, dass mit unserem Berry etwas nicht stimmte. Sobald er sich irgendwo in eine Ecke gedrängt fühlte, so z. B. zufällig an der Stirnseite unserer damals noch schlauchförmigen Küche, und er scheinbar keinen Fluchtweg sah, startete er plötzlich einen Angriff – ohne aber ernsthaft zuzubeißen.

Am gleichen Abend noch behauptete er dann das auf dem Tisch stehende Essen meiner Lebensgefährtin mit eindeutigen und unzweifelhaften Drohgesten für sich. Hier lief etwas schief, insoweit waren wir uns einig.

Trotz allem haben wir in diesen Situationen, wie man so schön sagt, besonnen reagiert. Es kam zu keiner Eskalation, wir aber zu der Meinung, dass wir hier die Reißleine ziehen müssen. Auch hatten wir eine große Umzugsaktion mit vielen Leuten und Helfern vor uns und konnten jetzt nicht noch als „Raubtierbändiger" aktiv werden.

Eines Familienrats bedurfte es nicht mehr, wir waren uns einig, so dass ich am nächsten Tag die Züchterin anrief.
Wir mussten das Projekt „Berry" leider abbrechen.

Mit Berry wieder am Ausgangspunkt unseres hoffnungsvollen Hundekaufs angekommen, erfuhren wir nun auch die ganze Wahrheit.
Die ehemalige Halterin hätte sich wohl, kurz nach unserer Abholung von Berry, nach seinem Befinden bei der Züchterin erkundigen wollen. Dabei erfuhr sie von dessen Weitervermittlung und erzählte nun die ganze Wahrheit über ihr Martyrium und dem des Hundes.
Sie lebte mit ihrem Mann und Berry zusammen und das aber seit einigen Jahren so „recht und schlecht".
Sie hatte sich damals Berry angeschafft, um der Beziehung eine neue Wendung und ein Stück Harmonie zu geben. Anfangs klappte es wohl ganz gut, doch die bekannten Alkohol- und damit Gewaltexzesse ihres Mannes nahmen mit der Zeit wieder zu, so dass Berry nicht nur sein Frauchen vor Schlägen schützen musste, sondern in der Folge auch sich selbst.
Er hatte sich dort schon für eine der drei hundetypischen Verhaltensstrategien in „Stress- und Problemsituationen", bestehend aus Flucht, Vermeidung oder Kampf, entschieden.
Damit schloss sich für uns der Kreis.

Es war für uns herzzerreißend, immer noch auch die Szene mit dem Gummispielzeug auf unserer Hundewiese vor Augen. Doch selbst wenn wir es gewollt hätten, wir waren zu diesem Zeitpunkt nicht die richtigen „Hundeeltern" für ihn. Das war für uns sehr schmerzlich, gehörte aber zur ganzen Wahrheit dazu.
Es fällt mir heute noch schwer, darüber zu berichten, wie ich Berry in den Zwinger zurückbrachte, aus dem ich ihn noch vor drei Tagen geholt hatte – im positiven Glauben für alle Beteiligten, Mensch wie Tier, das Beste zu tun.
Es war ein sehr schwerer Abschied. Doch wir sollten noch einmal von ihm hören.

Berry wieder in seinem Zwinger

Viele Worte konnten wir mit der Züchterin nicht mehr wechseln, nur so viel, dass es dann bei unserer ursprünglichen Abmachung bliebe, ihr vom nächsten Wurf einen Welpen abzunehmen.
Man mag es nicht glauben, doch es zerriss uns förmlich das Herz und die nächsten Tage sollten unsere Gedanken immer wieder bei unserem Freund Berry sein. Sein Schicksal hatten Menschen vorbestimmt und dies sollte noch in einer schlimmen Tragik enden.

Unser Umzug und die damit verbundenen Aktivitäten holten uns in den Alltag zurück. Vier Wochen später, bereits im neuen Haus wohnend, erhielten wir dann auch den Anruf, die Welpen des F-Wurfes seien angekommen.
Da „F" der sechste Buchstabe im Alphabet ist, handelt es sich sozusagen um den sechsten Wurf ihrer Magyar Vizsla-Hündin. Die Züchterin rief uns also an mit der frohen Botschaft und der gleichzeitig kniffligen Aufgabe, schon einmal einen Hundenamen mit dem Anfangsbuchstaben „F" zu finden.
Im Übrigen wäre auch Berry, der zu ihrem B-Wurf gehörte, von der Besitzerin, die jetzt von ihrem Mann getrennt lebe, wieder abgeholt worden.
Nun gut, dachten wir, dann findet alles ja vielleicht ein gutes Ende.

Nach vier Wochen konnten wir nun erstmals zur Züchterin fahren und die Entwicklung der Welpen beobachten. Auf Grund unserer Vorgeschichte mit Berry erwarben wir dann auch ein „Vorkaufsrecht". Wir durften uns sozusagen als erste unter den elf Welpen einen für uns passenden raussuchen.

Nach den unglücklichen Erfahrungen mit dem über alle Maßen doch sehr beindruckenden Rüden Berry wollten wir es lieber doch erst einmal mit einer Hündin versuchen.

Obwohl wir zwar nun die erste Wahl hatten, ließ die Züchterin uns faktisch aber von diesem Wahlrecht gar keinen Gebrauch machen. Mittlerweile kannte sie uns ja und entschied über unseren Kopf hinweg, dass es der Größte und der Dickste sein sollte.

Wie man schon unschwer heraushört, handelte es sich dabei nicht um eine kleine Hundedame, sondern ausgerechnet um den größten der Elfer-Welpenbande, aber dafür der verschmusteste von allen.

Nun hatten wir ja trotzdem noch alle Wahloptionen und wiederum auch nicht, als wir den Kleinen dann im Arm hatten. Zudem kannten wir ja jetzt die Hintergründe des Verhaltens von Berry und wussten, so etwas würde uns bei diesem Rüden nicht passieren.

So war der Deal besiegelt: ein kleiner Vizsla-Rüde würde bei uns einziehen und wenn alles gut läuft, wovon wir fest ausgingen, mit uns die nächsten Jahre verbringen.

Nur ein Thema stand noch im Raum, die Namensgebung. Bis zu unserem nächsten „Besichtigungstermin" in zwei Wochen sollten wir uns diesbezüglich mal Gedanken machen, so die verabschiedenden Worte der Züchterin.

Ein männlicher Hundename mit „F" sollte es also sein.
Bei „männlich" fiel meiner Lebensgefährtin sofort der Name „Figo" ein. Sie meinte natürlich Luis Figo, den portugiesischen Fußballstar. Von dem Gedanke rückte sie auch nicht mehr ab.
Nun vermute ich, dass ihre Idee nicht zwangsläufig auf das zweifelsfrei fußballerische Talent dieses wirklich begnadeten Ballstrategen zurückzuführen ist. Das schlossen schon ihre in der Vergangenheit artikulierten Kommentare und Fragen beim gemeinsamen Fußballschauen vorm Fernseher kategorisch aus. Aber der Name stand erst einmal wie in Stein gemeißelt im Raum.
Für mich gab es nur eine Variante, egal ob nun A-, B-, C- oder eben „F"-Wurf: bei mir würde der Hund „Berry" heißen. Ich war immer noch beeindruckt von diesem Hund, zumal ich wusste, dass sein Verhalten nicht uns persönlich galt, sondern menschengemacht war. Wenn ich daran zurückdachte, trug ich auch immer noch ein schlechtes Gefühl mit mir herum.

Ich war es ihm sozusagen schuldig, so war „Berry" mein uneingeschränkter Namensfavorit.

Doch wieder machte uns die Züchterin einen gewaltigen Strich... aber dieses Mal durch unsere „Namensrechnung".

Kurz nachdem wir nämlich bei der nächsten Inspizierung unseres Hundebabys ankamen, sagte sie, wir brauchten uns über den Namen keine Gedanken mehr zu machen, dieser stünde schon fest.

Wieder waren wir in der Defensive. Ich machte mir aber darüber keine weiteren Gedanken, denn es oblag ja uns, wie wir ihn nennen würden.

Meine Eingebung wohl lesend, sagte sie: „Für euren Hund kann es nur einen Namen geben, ... das ist nämlich ein richtiger „Filou"!" Auch würde schon alles so in den vorbereiteten Unterlagen, wie Impfausweis und Kaufvertrag, stehen.

Wir waren übertölpelt, gleichzeitig und im Nachhinein betrachtet, aber dann wohl auch ein bisschen erleichtert, dass uns eine schwerwiegende Entscheidung abgenommen wurde.

So konnte zumindest eine solche Szene, wie sie sich in dem Film „Krambambuli" abspielte, vorsorglich verhindert werden. Hier stand der Hund zwischen seinem früheren Herrchen, einem Wilderer, und einem Jäger, der ihn rechtmäßig für einige Flaschen Krambambuli, dem gleichnamigen Kräuter-Schnaps, erworben hatte. Es kam zum Eklat und er musste sich zwischen den beiden entscheiden. Der eine rief ihn „Strolch" der andere eben „Krambambuli" – mit dem bittern Ende, dass ihm seine Entscheidung letztendlich das Leben kostete.

Nun wäre es bei uns mit großer Wahrscheinlichkeit zu solch einer Dramatik nicht gekommen. Aber zwischen meiner Schuldigkeit unserem alten Freund „Berry" gegenüber und dem männlichen Wunschbild meiner Lebensgefährtin, einer Fußballlegende aus Portugal, war doch noch ein leichtes Tauziehen im Gange. Dieses war hiermit beendet und aus heutiger Sicht hatte die Züchterin mit ihrer Namensgebung nicht nur recht, sondern auch das Gespür, dass ein Name nicht nur eine Person oder ein Tier betitelt, sondern dass dieser auch dessen Programm sein kann.

Und wenn man weiß, dass die Bezeichnung „Filou" aus dem Französischen kommt und frei übersetzt ein „ausgekochter schlitzohriger Typ" heißt, hatten wir jetzt eine leise Vorahnung von dem, was uns erwarten würde.

Doch das Abenteuer „Filou" sollte ja erst in zwei Wochen starten, denn nach der achten Woche durften wir ihn endgültig abholen. Der Abschied dann war auch nichts für schwache Hunde- und Menschennerven. Zum einen kullerten bei der Züchterin ein paar Tränen und zum anderen zeigte Filou auch wenig Lust, mit den zwei für ihn nahezu unbekannten und ihn tätschelnden Zweibeinern die große weite Welt gerade jetzt in diesem Moment erobern zu wollen.

Dies artikulierte er durch anhaltendes lautes Fiepen, nahezu wie ein kleines Schweinchen, welches weniger die weite Welt vor sich hat, sondern eher deren Ende. Wen wundert´s, war Klein-Filou doch hier der „Platzhirsch" und Mamas Liebling. Soweit unsere menschliche Interpretation.

Der kleine Welpe Filou

Wenn man weiß, dass Hunde uns Menschen im Sozialverhalten sehr ähnlich und deshalb die Familie bzw. das Rudel existenziell wichtig für sie sind, versteht man auch, was in diesem Moment in einem Hundewelpen vorgeht. Dementsprechend machten wir es kurz mit der Verabschiedung.

Sein Fiepen, welches sich im Auto fortsetzte, ignorierten wir und unterhielten uns ruhig, um eine entspannte

Atmosphäre zu schaffen. Diese erste kleine Lektion lernte er sehr schnell, denn nach ein paar Kilometern Autofahrt schlief er neben mir auf der Rückbank nach einem lauten und nochmal letzten Seufzer ein.
Hundehalter, die schon einmal einen Welpen aufgezogen haben, wissen, was uns nun in den nächsten Tagen und Wochen erwartete: nachts alle vier Stunden mit dem Hund auf die Terrasse wegen der großen und kleinen Geschäftigkeiten, drinnen Geschäfte wegwischen, die den Weg nach draußen nicht geschafft haben, Schuhe und Socken vor den spitzen Zähnchen in Sicherheit bringen, Welpen-Spielstunde und und und. Doch alles lief gut, auch wenn unser Tagesrhythmus zunächst gehörig auf den Kopf gestellt wurde und wir ja nun auch ein Stück Verantwortung mehr hatten.
Aber der Hund mit dem Namen „Filou" war jedenfalls bei uns angekommen!

Es geht um die Wurst

Um das „Wolfsthema" nun endgültig abzuhaken und auf ein anderes überzuleiten, frage ich in die Heim-Runde: „Wie, glauben Sie, kann man denn einen Hund am meisten motivieren, das zu tun, was man von ihm will?" Ich sende die Feststellung hinterher, dass Filou ja seine Sache bisher augenscheinlich sehr gut gemacht hat. Ein bestätigendes Kopfnicken und ein zugleich auch wieder konzentriert fragender Blick in den Gesichtern um mich herum waren die Reaktionen auf meine Worte.
„Was macht ein Hund wohl am liebsten?"… setze ich fragend nach.
„Mit dem Ball spielen!", sagte die ältere Dame und Hauptakteurin der „Ballsuchübung" vom Anfang des Programms.
Ich bestätige das und erkläre, dass das Spiel im weitesten Sinne ein wichtiger Bestandteil der sozialen Bindung zwischen Mensch und Hund ist.
Es gibt aber auch sehr existentielle Grundbedürfnisse bei unseren Vierbeinern, dazu gehöre zum einen die Fortpflanzung.
Natürlich verstehen jetzt alle, wenn ich sage, dass hier an Ort und Stelle sowie auch im Allgemeinen dieses Mittel weniger geeignet wäre, einen Hund dazu zu bewegen, möglichst schnell das ihm Aufgetragene zu tun.

Eine zum Teil verschämte und auch strahlende Mimik in den faltigen Gesichtern im Rund sowie ein Kichern aus Reihe zwei bestätigten mir, dass meine Botschaft angekommen war. Ein älterer noch adretter Herr mit vollem weißen Haar, welcher aber schon etwas an Demenz zu leiden schien, bekam jetzt wieder strahlende Augen und seine Körperhaltung schien auf einmal zu sagen: Die schlechteste Wahl wäre ich jetzt auch nicht hier bei den anwesenden Damen.
Gerade in diesem Moment schien dann auch noch die Spitze des Stiftes der Reporterin versagt zu haben, denn sie kramte geräuschvoll in ihrer Tasche nach einem neuen Schreibutensil.
Mit einem Augenzwinkern und ohne weiter auf dieses anerkanntermaßen ja nicht nur hündische Bedürfnis einzugehen, deute ich mit meiner Hand auf den Kuchenteller, welcher im Hintergrund auf dem Tisch bereitstand und auf ein paar bereitgehaltene Wurststückchen in meiner Hand.
„Wiener Würstchen" … ruft nun eine Dame, „Würstchen motivieren ihn!"
„Genau mit einem Leckerli, …also es handelt sich um das existentielle Grundbedürfnis des Hundes, dem Fressen und der Nahrungssuche!" sage ich und dass es sich bei dieser Art der Motivation um eine positive Verstärkung von gewünschtem Verhalten handele.

Schnappschuss: Filou fängt ein Leckerli

Am Rand und erläuternd sei bemerkt, dass es sich bei dieser positiven Bestätigung neben der negativen Verstärkung sowie der positiven und negativen Bestrafung um eine der vier methodischen Herangehensweisen in der „Hundeerziehung" handelt. In der Hundeszene ist es hier in den letzten Jahren, auch durch unterschiedlichste Hundesendungen und Ratgeber in den Medien, zu mehr oder weniger harten Auseinandersetzungen gekommen in der Frage, welche wohl die beste und artgerechteste Methode sei?!

Dazu an geeigneter Stelle vielleicht noch einmal etwas mehr. Um es aber vorweg zu nehmen:
Ein Hund braucht nicht den ständigen Duft frisch geräucherter Wurst vor seiner Nase, auch braucht er kein „Sitz" und „Platz", um ein verlässlicher Partner zu werden.
Was aber Filou betrifft, so ist er hier der Künstler, der die „Zirkusarena" betritt, seine Darbietungen zeigt und gleichermaßen der „Therapeut", der dafür seine verdiente Prämie erhält.
Apropos Prämie: „Also Wurststückchen…", sage ich „…wollen wir doch einmal sehen, ob wir den Filou damit motivieren können?!" Zu diesem Zweck habe ich noch sechs verschiedenfarbige Plastikbecher mitgebracht. Unter einem dieser Becher würde ich dann ein Wurststück verstecken und Filou muss, ohne die anderen Becher umzuwerfen, den richtigen herausfinden, unter dem das Ziel seiner Träume liegt.
Hierzu frage ich vorab eine Person, in diesem Fall eine bisher noch sehr unbeteiligte und eher zurückhaltende Dame in der Runde, welche denn von den sechs Farben ihre Lieblingsfarbe sei. Unter diesem Becher würde ich dann das Leckerli für Filou verstecken.
Darauf winkte sie mich zu sich heran und deutete mir mit einer Handgeste an, mit meinem Ohr vor ihren Mund zu kommen. Sie hielt nun beide Hände zwischen ihren Mund und mein Ohr, damit Filou ja auch nicht mal ansatzweise irgendeine Silbe von dem er-

fuhr, welche schwierige Aufgabe ihn erwarten sollte. Und was sie mir ins Ohr flüsterte, war wirklich schwierig, in diesem Fall sogar unlösbar.

Filou, in Erwartung dieser für ihn eigentlich nicht allzu schweren Aufgabe, muss meinen Gesichtsausdruck und die jetzt darin zu lesende Sprachlosigkeit und Verwunderung über die Antwort gesehen haben, denn er brummte gelangweilt und gleichzeitig auffordernd, nun endlich eine Farbauswahl zu treffen, um ohne weiteren Zeitverzug mit der Würstchensuche beginnen zu können.

Nur leider gab es ein Problem: die Farbe „Rosa", welche mir ins Ohr geflüstert wurde, gab es unter den sechs Bechern nicht. Ich flüsterte zurück, ob sie sich heute auch ausnahmsweise für die artverwandte Farbe „Rot" oder vielleicht für das schöne „Gelb" entscheiden könnte. Nachdem sich die Dame noch einmal alle Becher von Nahem angeschaut hatte, gefiel ihr dann doch wiederum das „Grün" am meisten, für das sie sich dann auch spontan entschied. Diese Entscheidung flüsterte sie mir natürlich wieder vertraulich ins Ohr und ich schwöre: Filou hat mit Sicherheit davon nichts gehört.

Nachdem nun auch sehr konspirativ das restliche Publikum eingeweiht wurde und alle Becher umgekehrt auf dem Boden standen, mit dem Wurststückchen jetzt unter dem grünen Plastikbecher, gab ich ihm zu verstehen, den entsprechenden Becher zu suchen. Relativ

schnell und zielstrebig fand er nun das Objekt seiner Begierde, welches sich natürlich unter dem grünen Plastikbecher befand.
Filou erntete jetzt spontanen Beifall und noch eine kleine kulinarische und „positive Bestätigung" obendrein.

Da wir immer noch bei der Thematik „positive Verstärkung" mit Hilfe eines Leckerlis waren, stellte ich nun in den Raum, dass man auf diese Art auch Hunde disziplinieren könne. Disziplin in dem Sinne, so erklärte ich, dass sich der Hund auch einmal gedulden müsse und nicht immer seinem Instinkt folgen darf, was ja bei einem Tier, welches ständig im „Hier und Jetzt" lebt, nicht ganz so einfach ist. Das heißt: er muss dem angebotenen Leckerhappen auch für eine gewisse Zeit widerstehen können.
Da ich es ja hier mit Senioren zu tun habe – und um das Thema „Disziplin" noch einmal in den Vordergrund zu rücken – fragte ich, wie man es denn früher mit der „Disziplin" gehalten habe: „Was hat man früher gemacht, wenn ein Kind nicht gefolgt hat?" Ein Herr sagte spontan: „Also damals gab es noch Schläge mit dem Rohrstock auf den A...!" Er biss sich auf die Zunge, aber seine Hand bewegte sich an sein Hinterteil und sein Gesicht begann sich dabei in eine schmerzverzerrte Grimasse zu verziehen, als wenn es gerade geschehen wäre.

Unser im Rollstuhl sitzender Herr, welcher vorhin mit Filou schon am Seil gezerrt und dabei beinahe eine Altersheim-Rallye in Gang gesetzt hat, meinte, er sei mal vom Schlüsselbund des Lehrers getroffen worden. Er schien bei der ausgesprochenen Erinnerung leicht in Deckung zu gehen, als ob sich in diesem Moment die Tür öffnen könnte und sein alter Lehrer von damals eintritt – mit einem wurfbereiten Schlüsselbund im Anschlag.

Dann sagte die sich wieder vorher erst höflich meldende „Neufundländer-Oma", ihre Mutter sprach immer zu ihr, wenn sie nicht gehorsam war: „Geh in die Ecke und schäm dich!" Natürlich kennt jeder die Prozedur, zumindest vom „Hören-Sagen". Das Kind steht dabei mit dem Gesicht zur Wand und darf diese Stelle erst wieder verlassen, wenn das richtende Organ, in dem Fall die Mutter, die Strafmaßnahme aufhebt.

Dieser Satz war wieder einmal eine Steilvorlage für mich. Um dies zu demonstrieren, rief ich Filou zu mir und sagte verschmitzt: „Das mache ich im Übrigen auch mit Filou, wenn er nicht folgt!" In die Runde blickend hockte ich mich hin und hob den rechten Arm waagerecht vor meine Brust. Zu Filou sage ich nur: „Schäm dich!" Dabei wirft er, sein Hinterteil auf dem Boden belassend, die Vorderpfoten auf meinen angewinkelten Arm, drückt seine Stirn gegen diesen und verharrt so einige Sekunden in dieser Stellung. Unter meinem Arm sieht er dabei wieder in meiner linken Hand ein „positiv verstärkendes Wurststückchen". Jetzt sind vor allem die älteren Damen in der Runde hingerissen. Dies äußert sich in einem langgezogenen mitleidigen „Ohhhhr!" Wenn dies natürlich auch nur ein kleiner Gag sein soll, so sieht Filou in dieser Stellung wirklich aus wie ein schmollendes bzw. bestraftes Kind.

Das muss offensichtlich jetzt die mütterlichen Instinkte der betagten Frauen geweckt haben, selbst die Damen aus Rang zwei schmunzelten ergriffen.

Auch rief dieser Anblick den Presse-Fotografen wieder auf den Plan. So hockte er jetzt zwei Meter von mir entfernt, um einen Schnappschuss von der anrührenden Hundestatue namens Filou zu machen.

Da Filou ja nichts Unrechtes getan hatte und es sich hier um eine einstudierte spaßige Übung handelte, gab ich ihn frei und das versprochene Leckerli unter meinem Arm.

Noch ehe sich der Fotograf aus der Hocke wieder in die Höhe schrauben konnte, bat ich ihn, in seiner Stellung kurz zu verweilen. Gleichzeitig sagte ich in die Runde: „Kommen wir jetzt zur angekündigten Übung: Disziplinierung mit Wurststückchen!" Zu diesem Zweck legte ich auf ein Knie des Fotografen, der dies willfährig mit sich geschehen ließ, ein Stück Wurst. Nun fragte ich, ob Filou sich das Wurststückchen auf Kommando vom Knie des hockenden Fotomannes holen würde.

Ein einheitliches „Ja" war zu vernehmen.

Ich sagte: „Okay, machen wir einen Test!" Danach schicke ich meinen kleinen Freund los mit einem hörbaren Kommando: „Nimm!" Natürlich folgte jetzt keine Sensation, denn Filou erfüllte die Erwartungen, indem er die leichte Beute einkassierte.

Nun wieder an die Alten gewandt, frage ich, ob er es beim nächsten Mal genauso machen würde. Alle nickten bejahend. Warum auch nicht?

Ich legte nun ein weiteres Wurststückchen auf das Knie des Fotografen, der wacker durchhielt, wobei sein Gesichtsausdruck auch verriet, dass diese Körperstellung nicht bis zum Ende des Programms aufrecht zu erhalten wäre.

Nun solle der Fotograf, als Dank für seine Opferbereitschaft, dem Filou das Kommando „Nimm!" sagen, was er auch sofort tat. Wahrscheinlich hatte Filou das Kommando nicht gehört, dachten jetzt alle im Raum, und ein zweites lauteres „Nimm!" des Fotomannes ertönte hinterher. Filou starrte unverwandt an ihm vorbei auf einen auserwählten Punkt mitten im Raum, ohne eine Regung und ohne überhaupt nur auf das Wurststückchen zu schauen.

Eine ältere Dame, die am nächsten saß, schaltete sich nun mit ein.

Aus erster Hand wusste sie, dass Schwerhörigkeit wirklich ein Übel ist, nun sollte der Hund nicht auch noch, zumindest ihrer Meinung nach, verhungern deswegen.

Um dies zu untermauern, versuchte sie mit einer eher unkoordinierten Armbewegung Filous Blick auf das jetzt schon fast zittrige Fotografen-Knie mit dem Leckerli zu lenken, mit den fast flehenden Worten: „Na nimm´s doch!"

Es war einfach nichts zu machen, Filous gleichgültige Haltung blieb unverändert.

Ich spürte, dass ich nun das Heft des Handelns wieder in die Hand nehmen muss.

So löste ich die Situation auf, indem ich Filou das Kommando „Nimm!" gab, was er auch sofort ohne Widerstand befolgte. Auch war ich meinem Publikum und dem erst einmal erlösten und sich jetzt in alle Richtungen dehnenden Fotografen eine Erklärung schuldig.

So weihte ich alle in ein kleines Geheimnis ein. Ich hatte nämlich, kaum hörbar, in dem Moment wo der Fotograf „Nimm" sagte, an Filou ein für ihn bekanntes „Abbruchsignal" in Form des Lautes „Scht!" gesendet. Dieses kennt er und im Allgemeinen heißt das für ihn, dass der anvisierte Gegenstand, hier die Wurst, für ihn erst einmal tabu ist. Eine gewisse Achtung und Wertschätzung für die Leistung von Filou war jetzt den Augen im weiten Rund abzulesen.

Um dem noch eins draufzusetzen, sagte ich den interessierten Senioren, dass in einer Manege spätestens bei der nächsten Übung ein Trommelwirbel ertönen würde und bat deshalb um höchste Ruhe und Konzentration.

Wie immer an dieser Stelle bitte ich nämlich Filou zu mir mit dem Kommando „Hier" und „Sitz". Dann lege ich ein Wurststück auf seine Nase und wende mich dem Publikum zu, welches aber gespannt auf Filou starrt – in der Erwartung, ob Filou der Versuchung standhält.

Eigentlich könnte man jetzt vermuten, dass aus dieser Übung die bereits beschriebene anatomische Besonderheit bei Filous Augen in manchen Situationen herrührt. Doch nein: denn gerade, wo nun das angebetete Leckerli zwischen seinen Augen liegt, schaut er wieder starr geradeaus.

Um Filou nun wieder von seinem „Martyrium" zu befreien, gebe ich ihm das Kommando „Nimm!". Meist schleudert er dann die kleine Beute noch ein paar Zentimeter in die Höhe, fängt sie im Flug auf, um natürlich dann im Anschluss und in bester Raubtiermanier mit dem kleinen Wursträdchen kurzen Prozess zu machen.

Ich meinte nun, dass damit der Beweis erbracht sei, dass man einen Hund mit einem leckeren Stück Wurst auch disziplinieren oder in der Erlangung seiner angestrebten Ziele zumindest kontrollierbarer machen kann.

Alle nickten und ein wohlwollender Applaus war Filou gewiss.

Diesen genoss er, wieder auf seiner Decke liegend, mit seinem prüfenden Rundum-Blick, wahrscheinlich kontrollierend, dass auch jeder seine Leistung beklatscht. Natürlich und das glaube ich, weiß er auch, dass er das nicht von jeder Person hier im Raum erwarten kann. So sitzt nach wie vor der schon genannte Mann mit dem Namen „Bernd" in seinem Rollstuhl, sein Blick scheinbar bis auf wenige Ausnahmen ständig abwesend nach unten gerichtet. Hin und wieder meinte ich aber ein kleines, wenn auch wahrscheinlich auf Grund seiner körperlichen Verfassung eher angestrengtes Lächeln über sein Gesicht huschen gesehen zu haben.

Wir sollten alle, wie gesagt, bei ihm noch eine kleine Überraschung erleben!

Verdiente Ruhepause

Erste große Liebe und der Erzfeind

Er gedieh prächtig, unser Welpe Filou. Auch wurde aus dem dicklichen Hundebaby langsam ein schlaksiger Jungspund, dem man förmlich beim Wachsen zuschauen konnte. Hundehalter, welche sich nicht gerade auf einen Yorkshire Terrier oder Mini-Bolonka Zwetna (also auf sehr kleine Hunderassen) festgelegt haben, wissen wovon ich rede. Da Jagd- und Vorstehhunde, wie auch der Magyar Vizsla, ohnehin sehr schlanke Hunde sind, wirkt es bei ihnen in den ersten Monaten so, als ob der Körperwuchs sich nur in Höhe und Länge niederschlägt. Bei der „Kurzhaarversion" wie Filou sieht man dann natürlich auch nahezu jede einzelne Rippe, was nichts mit vergessener Futterverabreichung, sondern eher etwas mit der rassespezifischen „Dynamik" und Agilität sowie der Futterverwertung zu tun hat. Alles andere wäre wiederum auch schädlich für diese Hunderasse, was in der Natur der Sache bzw. der Entwicklung seines Körperbaues liegt. Die staksigen Beine und noch unvollendeten Gelenkknorpel würden das Gewicht eines gleichaltrigen Bernhardiners nicht verkraften und dies sofort bzw. später quittieren. Warum schreibe ich das so ausführlich?
In den ersten Wochen und Monaten suchte ich immer wieder besondere Situationen bzw. Begegnungen auf, um Filou an diese zu gewöhnen und ihn so für sein

weiteres Hundeleben zu wappnen. So auch an diesem Tag, denn es ging zur nahe gelegenen Pferdekoppel unter dem Motto: Mit dem Pferd auf du und du oder das Fluchttier Pferd, mein Freund. Von Weitem schon sah ich auf dem breiten Feldweg einen alten Kombi mit hochgeklappter Hecktüre stehen. Aus dessen Heckverschlag entnahm eine von den Konturen her korpulente Person Futter, welches sie den Pferden verabreichte. Sicher der Besitzer, dachte ich bei mir und maß der Handlung keine weitere Bedeutung bei. Wir kamen nun unserem Ziel immer näher, Filou dabei freilaufend. Immer, wenn er sich zu weit entfernte, machte ich kehrt, ohne scheinbar weiter auf ihn zu achten. Was auch wieder mal seine gewünschte Wirkung zeigte. Der Verlust des Rudels wog für ihn schwerer als das nicht bis auf den Grund erforschte Mäuseloch. Als er dieses Mal kam, nahm ich ihn aber an die Leine, um uns jetzt „kontrolliert" den Pferden und der uns offensichtlich nicht wahrnehmenden, sehr betriebsamen Person zu nähern.

Beim Näherkommen grüßte ich nun freundlich und meinte, dass die Pferde heute wohl besonders hungrig seien. Mich gar nicht weiter ästimierend, sondern voll auf die Futterzeremonie konzentriert, hörte ich nur eine weibliche aber kratzige Stimme unter einem tief in die Stirn gezogenen Basecap hervor: „Das ist ne Schande …die armen Viecher, keiner gibt denen was zu fressen!" Ich ging etwas näher, denn Filou sollte ja

entspannt die Nähe der aus meiner Sicht gut im Futter stehenden Huftiere ertragen. Dabei fragte ich, wie sie das meine, denn ich hatte von dem hiesigen Bauer eigentlich noch nie gehört, dass man ihm diesbezüglich etwas Schlechtes nachsagen würde. Sie schaute sich nun zu mir um. Hätte sie nicht vorher schon einen Satz zu mir gesagt, wäre ich mir jetzt nicht schlüssig gewesen, ob ein Mann oder eine Frau hinter den mich fixierenden verbitterten Augen steckt. Wahrscheinlich wollte sie gerade zu einer Antwort ausholen, aber sah in diesem Moment den an ihrem Hosenbein interessiert schnuppernden Filou. Ihr Blick wurde von einem auf den anderen Moment ganz weich. In einer babyhaften, fast weinerlichen Stimme hörte ich von ihr jetzt an mich gewandt: „Der Arme, das können Sie doch nicht machen!"
Bevor ich überhaupt begriff, noch das ich fragen konnte, was ich denn nicht machen könne, hielt sie Filou die restliche Ladung Futter, welche sie noch in der Hand hatte, vor dessen Nase. Hand, Futter, die Botschaft war für meinen Welpen nicht schwer zu verstehen. So bedurfte es nicht einer Sekunde, die Einladung dankend anzunehmen und die angebotene Ladung Futter in sich hineinzuschlingen. Bis heute weiß ich nicht, ob Filou nun Pferdefutter erhielt oder die Pferde Hundefutter. Böswilligerweise und aus dem Äußeren der vor mir stehenden Frau schließend, könnte man vermuten, sie ernährt sich ausschließlich

auch selbst davon. Das würde zu ihrer mir jetzt artikulierten Aussage, der Hund sei doch viel zu dünn und sie wäre ja freiwillig und ehrenamtlich für den Tierschutz tätig, passen. Das alles geschah innerhalb von Sekunden, noch bevor ich überhaupt im Stande war, zu verstehen was hier vorging und meinen Unmut über dieses ganze Szenario äußern zu können.

Sie griff in einen großen Sack im Innenraum ihres Autos mit dem anschließenden Vorhaben, Filou die nächste Portion vor die Nase zu halten. Meine Fassung wieder erlangt, teilte ich ihr nun unmissverständlich mit, dass ich dies nicht wünsche und fragte sie, ob sie denn etwas wisse über den Körperbau von Junghunden bzw. über die unterschiedlichen Rassemerkmale, da sie doch beim Tierschutz sei.

Als ob jetzt ein Wesen von einem anderen Planet vor ihr stünde, schaute sie mich mit halboffenem Mund an. Sie wandte sich aber gleich wieder ab, ohne ein Wort, als wenn das alles gar nicht stattgefunden hätte, und den so „hungrigen" Pferden zu. Damit war für mich diese Episode dann auch abgehakt und wir gingen unseres Weges. Filou nahm wohl eine Botschaft aus dieser Begebenheit mit: „Also Pferdefutter tut´s im Notfall auch!". Nicht umsonst mögen Hunde vielleicht die Hinterlassenschaften von Pferden wohl besonders gern.

Aber allen Ernstes, wissen Tierärzte, dessen Broterwerb es zugegebenermaßen ist, heute „ein Lied darüber zu singen", welche Auswirkungen eine übermäßige und falsche Ernährung für unsere Vierbeiner hat. Nicht umsonst finden wir heutzutage alle Zivilisationskrankheiten der Spezies Mensch beim Hund wieder, angefangen bei Fettleibigkeit daraus folgend Diabetes, Rheuma, Schlaganfall, Arthrose usw. Auch gibt es überforderte und selbst ernannte, teils krankhafte Tierliebhaber, in einem Haus oder Grundstück mit einer wachsenden Anzahl von Tieren lebend, welchen sie aber dann nicht mehr gerecht werden können. Bekanntermaßen und gebräuchlich wird das dann Animal Hoarding genannt.

Hier ist natürlich nicht der sachgerechte Umgang mit Tieren bzw. die aufopferungsvolle fachliche Tätigkeit von Tierschutzorganisationen gemeint.

Nun aber wieder zum Welpen Filou, der in vollen Zügen dabei ist, die Welt zu entdecken. Apropos in vollen Zügen, um dies gleich mal wörtlich zu nehmen. Wir gingen zum Beispiel gemeinsam auch in den Bahnhof mit seinen geräuschvoll ein- und ausfahrenden Zügen, um Filou, dem Hund vom Lande, das rege Leben hier und ein Stück der großen weiten Welt näher zu bringen. Obwohl er dieses Gewusel – wie auch das in der Stadt mit den hupenden Autos, den in den Schienen quietschenden Straßenbahnen und den eilig an ihm vorbei stapfenden Menschen – mittlerweile erträgt, ist die Großstadt mit ihrem hektischen Getümmel nach wie vor nicht sein bevorzugter Aufenthaltsort geworden und wird es wahrscheinlich auch nicht werden. Es sei denn, eine hübsche Hundedame kreuzt im Wirrwarr der vorbeieilenden Menschen seinen Weg. Wer mag es ihm verdenken, ist er doch mittlerweile zu einem fast dem Welpenalter entwachsenen und anschaulichen jungen Rüden herangereift. Reichlich Erfahrung mit dem anderen Geschlecht durfte er ja auch schon sammeln. Auf menschliche Wesen bezogen, würde man sagen: dort wo andere Kinder noch mit den Bauklötzchen spielten, machte er sich schon an die Mädchen ran. Nun sollte sich auch seine vor ein paar Monaten unumstößliche Namensgebung in geradezu symbiotischer Weise mit seinem jetzt schlitzohrigen „Ich-teste-alles-bis-an-die-Grenzen-aus-Programm" vereinen. Bei einer Hundebegegnung zum Beispiel mit drei seiner Artgenossen – darunter eine Hundedame, eine schöne Irish Setterin – fühlte Filou sich gleich Mann´s genug und berufen, diese für sich vereinnahmen zu wollen. Da schien es auch egal, dass die zwei Anderen, so ein potenter und dreimal größerer Schäferhund und ein nicht minder beeindruckender Berner Sennenhund, ihr unmissverständliches Missfallen darüber zum Ausdruck brachten. Es bedurfte dann erst einer derben und klaren Ansage eines der beiden Rüden, um unseren Youngster Filou in die Schranken zu weisen. Und bei einer hundetypischen „Ansage" bleibt es nicht nur beim Reden. So auch in diesem „Fall", wo es auch zum Selbigen kam, nämlich zu dem meines kleinen Freundes und das auf den Rücken. Wobei der mächtige Rüde jetzt über ihm stand und mit seiner Schnauze jegliches Aufbegehren des kleinen Heißspornes sofort im Keim erstickte, bis dieser sich völlig ergab.

Da ich diese Hunde kannte und trotzdem hellwach das Geschehen aus einem gewissen Abstand in den Augen behielt, sagte ich mir: „Gut mein Freund, wieder eine Lektion gelernt, die da hieß: Grenzen akzeptieren und auch mal unterordnen können."

Filou sich jedenfalls kurz schüttelnd und auf einmal aussehend wie ein lustiger Wandersmann, den Blick unschuldig in die Ferne schweifend als wenn er dabei ein lustiges Lied vor sich hin pfeift, trabte erst einmal mit trotz allem erhobenen Kopf davon. Sein Blick, ein Auge dabei immer noch auf die attraktive Setterdame werfend, schien zu sagen: „Alles okay, war doch nur Spaß!"

Aber immerhin merkte er, dass dies hier nicht mehr die Krabbelgruppe der immer samstägigen Welpenstunde ist. Dort war er nämlich einer der uneingeschränkten Kings – und das hier aber der Hundealltag auf der Straße. Wenn ich King schreibe, dann ist nicht der Raufbold gemeint, der alles in Schach hält und niedermacht, was sich ihm in den Weg stellt. Nein, er ist eher einer, der ständig zum Spiel auffordert, beim gesunden und für das Leben so wichtigen gemeinsa-

men Kräftemessen der Halbwüchsigen in der Welpengruppe, aber hier natürlich gern als Sieger hervorgeht. Das Gegenteil zeigte das Verhalten des Schäferhundes Max, welcher erst im Alter von drei Monaten in die Halbwüchsigengruppe kam und vorher keine Hundekontakte kannte. Mit dem ersten Betreten des Hundegeländes war er Mobbingopfer Nummer eins und saß fortan fast ausschließlich immer angstvoll in einer Ecke. Der Spruch: „Hunde regeln das schon unter sich!" war hier fehl am Platz. Eine moderierte Konfrontationstherapie mit gut ausgewählten und gemäßigten Welpen wäre hier sicher angebracht gewesen. Filou jedenfalls hat nicht zu den Mobbern und Stänkerern gehört. Aber er merkte, dass mit dem da etwas wohl nicht zu stimmen schien, sodass er immer, wenn er in die Nähe von Max kam, sein Spieltempo kurz zu verringern schien sowie dabei innehaltend und fragend in dessen ängstliche Augen sah. Seinen Blick hätte man auch so deuten können: „Hey alter Kumpel, ist doch alles bestens, lass uns einfach ′ne Runde zusammen drehen."
Da dieser jedoch auch nicht nur im Ansatz zu ermutigen war, hieß es für unseren kleinen Schlichter: „Nichts für ungut!" und es ging weiter im turbulenten Spiel vom Jäger und Gejagten. Augenscheinlich hatte es unserem Filou eine Boxerhündin mit dem klangvollen Namen „Fabia" besonders angetan. Mit ihr konnte das Spiel nicht ausgelassen genug sein. Sie war von

gleicher Größe und hatte dasselbe bräunlich-rötliche Fell wie Filou und dazu ein weißes Lätzchen auf der Brust.

„Filou und Fabia" sowie ein ignorierter Zuschauer

Es war wohl Liebe auf den ersten Blick, denn nachdem die hübsche Boxerdame zum ersten Mal auf dem Platz erschien, war es um unseren kleinen Liebhaber einfach nur geschehen. Auch kein anderer Vierbeiner fand mehr sein wirkliches Interesse, außer jene, die sich seiner Angebeteten näherten oder um es besser zu sagen: zu nähern versuchten. Die Chance auf einen Gedankenaustausch, geschweige denn auf ein Spielchen eines anderen Rüden mit der Verehrten war relativ gering, um nicht zu sagen, sie lag nahezu bei Null. Kurzum, für ihn gab es nur noch Fabia. Auch hatte sich Filou eine besondere Liebesstrategie erdacht. Nach anfänglichem Rennen und Toben kreuz und quer über das gesamte Gelände der Hundewiese ging es bei dieser wilden Hatz auch immer wieder durch einen etwa drei Meter langen Hundetunnel: Fabia vorneweg und Filou hinterher. Dann ging es in die andere Richtung, Filou vorneweg und Fabia hinterher. Nur war jetzt mitten im Tunnel plötzlich Schluss mit der Verfolgung, denn Filou wartete jetzt hier auf die heranstürzende Geliebte. Dann begann sich der aus Kunststoff bestehende Tunnel mal in die eine, dann wieder in die andere Richtung heftig zu wölben, bis sich das stürmische Drunter und Drüber nach ein paar Minuten im Inneren zu beruhigen schien. Wenn man dann in eine der offenen Seiten in den Tunnel hineinschaute, sah man ein sich zärtlich umklammerndes und dabei ihre Schnäuzchen und Ohren leckendes Liebespärchen. Auch die anderen Hunde schauten von Weitem neidisch in das Innere der Liebeshöhle. Doch für diese blieb der Spielort für heute wieder mal tabu.

Filou hatte nun die ersten Lebensmonate, seine Welpenzeit, mit vielen für ihn so wichtigen und aufregenden Erlebnissen hinter sich gelassen und wurde in unserem Haus zu einem festen Familien- und „Rudel"-mitglied. Doch nicht nur bei uns war er jetzt wirklich zu Hause. Selbst im erweiterten Familienkreis erfreute sich seine Anwesenheit immer größerer

Beliebtheit. Mein Vater zum Beispiel hatte seit jeher wenig mit Tieren am Hut; vor Hunden, um es vorsichtig zu sagen, sogar großen Respekt. Unserem damaligen Vorhaben, uns einen Hund anzuschaffen, begegnete er mit den mahnenden Worten: „Überleg dir das, Junge!" Diesen Satz pflegt er immer zu sagen, wenn etwas Unheilvolles im Raum zu stehen schien. Dieses Mal war es wohl mehr seiner eigenen Angst vor Hunden geschuldet. Und natürlich bin ich ja sein Junge, was ich auch immer sein werde, nur in diesem Fall hatte ich bzw. hatten wir uns eben anders entschieden. An seinem Beispiel sieht man auch, welche Wirkung Tiere und speziell Hunde auf uns haben können, wenn man es zulässt. So verhält es sich nämlich mittlerweile so: wenn mein Vater uns heute auf einen Brunch bzw. eine Tasse Kaffee bei sich einlädt, folgt immer der Nachsatz am Telefon: „Aber vergesst nicht Filou mitzubringen!" Dann angekommen bei meinem Vater, muss unser Filou auch erst einmal ertragen, von meinem alten Herrn am ganzen Körper durchgeknuddelt und über alle Maßen von ihm geschmust zu werden, was er auch stoisch über sich ergehen lässt. Mein Vater, der über siebzig Jahre mehr oder weniger Angst vor Vierbeinern hatte, ist nun mittlerweile zum Hundefreund generiert und sogar ein kleiner Hundekenner geworden.

Ähnlich ist es mit dem Rest der Familie, genauer gesagt der verzweigten und dazu sehr gut funktionierenden „Patchworkfamilie", wie man sagen könnte. Denn wie mein Vater hat auch meine Mutter neu geheiratet, sodass sich neue Elternteile in die Familie gesellt haben. Meine Mutter hat sich dabei mittlerweile das Alleinstellungsmerkmal erworben, die „Markknochen-Oma" zu sein, was an der besonderen Leckerei liegt, welche sie bei jedem Besuch in ihrer Tasche für Filou bereithält.

Der anvisierte Markknochen

Bis heute ist es deshalb ein schweres Unterfangen, meinen kleinen Freund zur Mäßigung seines übermütigen Willkommensrituals zu bewegen. Er bringt dann sämtliche Schuhe, die Decke aus seinem Körbchen,… Kurzum: er würde jetzt am liebsten den ganzen Hausstaat gegen die schon geruchlich wahrgenommene Delikatesse eintauschen.
Gleiches Spiel bei der Mutter meiner Lebensgefährtin, die sich hingegen darauf spezialisiert hat, die „Wiener-Oma" zu sein. Das hat aber weniger damit zu tun, dass sie sich um uns zu besuchen, auf eine beschwerliche Reise aus Österreichs Hauptstadt zu uns aufmachen muss. Nein, sie hat bei jedem Besuch einen Beutel mit akkurat vorgeschnittenen Wurststückchen, natürlich beste Wiener Wurst vom Fleischer ihres Vertrauens, in ihrem Handtäschchen. Diese werden dann im Verlauf des Besuchs in kleinen Portionen gegen ein paar Tricks von Filou eingetauscht. Die Kunststücke beherrscht er natürlich aus dem Effeff, was den Beutelinhalt dann jedes Mal in rascher Folge schrumpfen lässt. Nun mögen die Betitelungen wie „Markknochen- und Wiener-Oma" ganz lustig und in Bezug aufs Hundenaschwerk mehr als zutreffend sein. Auch wir haben zugegebenermaßen unseren Spaß daran. Nur meine ich, wenn man es über die Maßen zur Gewohnheit macht, gebräuchlich wie bei einem Kind, die Familientitel Oma, Opa bis hin zu Mutti, Vati bzw. Mami und Papi zu verwenden, dann begibt

man sich auf einen schmalen Grat. Dann verändert sich nämlich unsere Sichtweise. Der Hund wird in unserer Wahrnehmung zum Kind und zum Mensch. Dem Hund dagegen ist es völlig egal. Er würde auch zu seinem Herrchen rennen, wenn der für ihn „Bohnensack" oder „König Carl Gustaf von Schweden" heißt sowie zu Frauchen, wenn die für ihn die „Rose von Barbados" oder einfach nur die Claudia, Peggy oder Kerstin ist. Man möge mich hier nicht falsch verstehen und selbstverständlich hat jeder seine eigene Ansicht und Gewohnheit, doch im Handeln folgt der Mensch oft seinen Worten. In den meisten Fällen erzeugt dies keine negativen Konsequenzen, nur liegt bei vielen sichtbaren und auch nicht so offensichtlichen Hundeproblemen die Ursache in der Vermenschlichung unseres liebsten Haustieres.
Dazu fällt mir ein Gespräch mit einer Bekannten ein, welche eine sehr schöne Dobermannhündin hat. Als wir neulich unterwegs waren, kamen wir auf die sinnige Frage, zu wie viel Prozent wir denn unseren Hund in jedem Augenblick unseres Zusammenseins verstehen würden. Sie hat eine sehr devote liebe Hündin, welche auch jede Nacht zwischen ihr und ihrem Mann mit im Bett schläft, was ich hier nicht kritisiere, denn auch das ist Ansichtssache. Sie meinte jedenfalls auf diese Frage: „zu fünfundneunzig Prozent." Nun beschäftige ich mich seit einiger Zeit mit der Thematik „Hund" und unterliege als menschliches Wesen,

wie viele andere Hundehalter auch, trotz allem immer wieder der menschlichen Interpretation hündischen Verhaltens. Zu wie viel Prozent kennt man sich selbst, seinen Partner, sein Kind – mit denen man „im Normalfall" eine gleiche Muttersprache spricht? Selbst ein Europäer, welcher perfekt die chinesische Sprache lernt, wird deshalb noch lange nicht zum Chinesen.
Und dann will man, hier meine ich jetzt nicht nur meine Bekannte, den Hund so gut kennen?
Er ist und bleibt ein Tier, welches uns wegen einiger Annehmlichkeiten, wie u. a. der „Wiener Wurst" und dem „Markknochen" sowie natürlich unserer sozialen Nähe sehr zugetan ist.
Auf die Frage blieb ich letztendlich eine konkrete Prozentzahl schuldig, meinte aber, man müsse bemüht sein, sich in der Verständigung immer mehr zu verfeinern.
Der bekannte Wolfsforscher Günther Bloch hat einmal gesagt: „Anstatt unsere Hunde zu vermenschlichen, sollten wir zumindest versuchen, uns so gut wie es geht zu verhundlichen!". Ich glaube, da ist etwas Wahres dran.

Um uns quasi den Beweis erbringen zu wollen, hat Filou auch immer wieder durch einzelne Handlungen auf seine tierische Abstammung hingewiesen. So zum Beispiel seine „Macke mit der Ka…!" Nein, ich will es mal anders umschreiben. Filou hat es sich irgendwann einmal zur Angewohnheit gemacht, die wohlriechenden Hinterlassenschaften seiner Artgenossen auf der Wiese und am Wegesrand zu verspeisen. Geradezu eine Delikatesse waren, wie schon einmal erwähnt, dabei auch die Hinterlassenschaften von Pferden. Wenn diese noch frisch dampfend am Wegesrand lagen – für unseren Filou umso besser. Nun ist das, wenn es nicht zur ständigen Gewohnheit wird, kein ganz untypisches Hundeverhalten, aber es passt nun einmal nicht in unser kulinarisches Weltbild und aus menschlichem Empfinden schon gar nicht in das der hohen Küche, der Haute Cuisine für unsere Hunde.

Eine andere schmackhafte Zugabe waren für ihn Papiertaschentücher, ob gefunden hinter einem Baum im Wald mit wiederum auch entsprechender Beigabe oder einfach ein verlorenes Exemplar auf dem Weg. Hier soll für Hunde wohl die enthaltene Zellulose interessant sein. Als wir beispielsweise einmal eine Wanderung durch den Wald unternahmen, zog meine Lebensgefährtin ein Papiertaschentuch aus ihrer Tasche, um sich die Nase zu putzen. Dabei übersah sie eine Wurzel, stolperte, fiel hin und das Taschentuch ihr dabei aus der Hand. Der erste am Unfallort war Filou, doch nicht um „Erste Hilfe" zu leisten. Nein, er ließ sich erst einmal genüsslich das jetzt auf dem Waldboden liegende Papiertaschentuch schmecken. Danach leckte er meiner Lebensgefährtin, die noch am Boden lag, übers Gesicht. Mit dieser Geste schien er sich nicht für die zellulosereiche Zwischenmahlzeit bedanken zu wollen, sondern merkte dann doch: hier ist etwas Unvorhergesehenes passiert. Seine Anteilnahme war nicht zu übersehen.

Da aber nichts Schlimmeres geschehen ist und der Sturz eigentlich nicht der Rede wert war, konnten wir danach, geschuldet auch dem Verhalten unseres Vierbeiners, wieder lachen. Aber die „Baustelle" Unrat vom Boden fressen blieb. Es hat auch eine Weile gebraucht, bis wir das im Griff hatten. Selbst wenn es noch so normal wäre, war dies kein zu tolerierendes Verhalten unseres Hundes, da hieraus auch schnell eine Manie werden kann. Ein „staubsaugender Hund", wie man spaßigerweise „alles-was-im-Weg-liegt" verdrückende Vierbeiner nennt, nimmt darüber hinaus bekanntlicherweise nicht nur die für ihn zuträglichen Nahrungsstoffe auf. Gar nicht erst zu reden von beabsichtigt ausgelegten Ködern von Menschen, welche dem Hund nicht ganz so nahe stehen, um nicht zu sagen…welche einfach nur gewissenlose Tierhasser sind.

Ganz nebenbei: die Problematik ist nicht neu und trotz solcher feigen und hinterhältigen Aktivitäten sind gerade deshalb hier die Hundehalter in vielerlei Hinsicht selbst in der Pflicht und stehen nicht nur ihrem Vierbeiner gegenüber in der Verantwortung. Ich zum Beispiel nehme meinen Hund an die Leine, wenn uns im Wald Spaziergänger begegnen, um auch Men-

schen, die vielleicht nicht zu den Hundefreunden gehören oder sogar Angst vor unseren Vierbeinern haben, den nötigen Respekt entgegenzubringen. Und, na klar, ein Häufchen mitten auf dem Gehweg oder im gepflegten Vorgarten des Nachbarn muss ja wirklich nicht sein. Am Rande bemerkt: mitten im Wald wiederum soll diese Hinterlassenschaft sogar gut für das Bioklima des Waldbodens sein, was aber einem verärgerten Pilzsammler, der gerade hineingetreten ist, relativ wenig interessieren wird.
Grundsätzlich geht es aber nur im Miteinander und mit gegenseitiger Rücksichtnahme.
Ein weiteres Beispiel, das wahre Tier in unseren Hunden zu entdecken, sind die täglichen Begegnungen mit ihren Artgenossen. Wie verwunderlich es doch gerade für meist ältere Hundehalter ist, wenn ihr kleiner Liebling sich an gespannter Leine so ins Zeug legt, als müsste er sich, sein Frauchen oder Herrchen und gleich noch die ganze Welt retten, weil gerade ein ihn nicht mal beachtender, alter Golden Retriever gelassen an ihm vorbei trabt.
Dabei wird der Kleine dann meist noch getätschelt mit solchen Worten: „Der tut dir doch gar nichts... ist doch alles gut!", dabei weiterhin die Leine am Geschirr so unter Zug, als gehe es um die letzten und entscheidenden Meter eines Schlittenhunderennens. Es ist hier eben leider nichts gut! Das wird spätestens dann bemerkt, wenn der vierzehnjährige arthrose-

geschwächte Retriever plötzlich ein drei Jahre alter Schäferhundrüde ist, welcher womöglich noch in der Welpenstunde gerade gefehlt hat, als das Thema: „Wie verhalte ich mich gegenüber kleinen aufsässigen Artgenossen?" durchgenommen wurde. Meist ist das Theater dann groß, wenn der Kleine dann zwar etwas stiller, aber mit einem Loch im Fell am Boden liegt, um nicht von schlimmeren Folgen zu reden. Wer hat Schuld? Natürlich beide Hundehalter. Halter A des Kleinhundes wahrscheinlich noch mehr, denn die Hundewelt draußen kann sehr rau sein. Deshalb sollte man nicht unbedingt mit einer kleinen „Großklappe", dem jeglicher dazugehörige körperbauliche Background fehlt, an der Leine durch den Kiez schlendern. Zu Halter B muss man dann keine großen Worte mehr verlieren.

Was hier etwas zugespitzt dargestellt ist, passiert nicht selten. Verwundert sind die Menschen nur meist über das jetzt auf einmal so animalische Verhalten ihrer zu Hause so anschmiegsamen Lieblinge, wenn es dann ins wahre Leben und in die Auseinandersetzung mit der tierischen Umwelt geht.

Der kleine Schoßhund, zu Hause König aller Klassen, sieht natürlich gar nicht ein, nur weil sich draußen der Himmel über ihm auftut, deshalb von seinem Rang zurückzustecken! Selbstverständlich muss er seiner bediensteten Begleitperson am Ende der Leine auch hier draußen Schutz bieten und alle denkbaren Gefahren abwehren. Er ist ja schließlich der kleine König und damit für alles verantwortlich.

Was könnte dagegen helfen? Vielleicht sollte man wirklich einmal über seine Beziehung zu seinem Vierbeiner nachdenken und darüber, wer wessen Bediensteter ist. Es mag hart klingen, und um mit etwas Phantasie und Augenzwinkern bei der obigen Metapher zu bleiben: „Vom König zum Bettelmann!" könnte die Devise sein. Oder anders ausgedrückt: eine Umkehr des Angestelltenverhältnisses. Eine Alternative könnte sein, dass fortan der Hund der Angestellte ist, nicht der Mensch Angestellter seines Hundes. Selbst dann darf er noch der Schmusebär sein, aber nicht unter allen Umständen und dann zu gewissen Bedingungen. Eine Mensch-Hund-Beziehung ohne Führung gibt es leider nicht. Unser Vierbeiner sollte nicht in die Lage gedrängt werden, diese übernehmen zu müssen.

Selbst der so potente und kräftige dreijährige Schäferhundrüde würde unter einer sachgemäßen und verantwortungsvollen Führung – wo ihm klar gemacht wird, dass er, bildlich gedacht, nicht die Hosen anhat – vielleicht auch nur geringfügig auf das kläffende Fellknäuel starren und gelangweilt seines Weges gehen.

Nun aber wieder zu Filou. Auch er schien auf diesem Gebiet ein Talent entwickeln zu wollen, gehört er doch auch zu den eher dominanteren seiner Spezies…

um diesen gebräuchlichen Begriff „Dominanz" hier mal so verwenden zu wollen. Und ein Schlitzohr gibt eben auch nicht immer gleich klein bei, dachte sich wohl auch Filou, jetzt mittlerweile ein stattlicher zweijähriger Rüde, als er sich seinen ersten Gegner in unserer Gegend ausgesucht zu haben schien. Ein Weimaraner, etwas größer und muskulöser als Filou, machte sich wohl einen Spaß daraus, sobald er Filou von Weitem sah, die Rute in die Höhe zu strecken und mit starrem Blick in dessen Augen auf uns zuzugehen. Für unseren an der Leine heftigst gegen diese anmaßende Provokation protestierenden Vierbeiner war das eine Höchststrafe, dem mittlerweile zum Erzfeind erklärten Gegenüber nicht sofort mal die Meinung geigen zu können. Wie man weiß, stellen diese Pose und vor allem der starre Blick in die Augen schon eine Herausforderung dar. Es blieb bei den Begegnungen dann dabei, die Hunde möglichst hinter sich zu bringen, den Zug von der Leine zu nehmen und nach einem ruhigen Gespräch mit dem Weimaraner-Frauchen entspannt aus der Situation herauszugehen. Ein ruhiges Gespräch mit dem anderen Hundehalter – übrigens ein Mittel, welches ich bei Hundebegegnungen sehr häufig anwende, da es zur Deeskalation mit beiträgt fiel mir mit dem „Erzfeindfrauchen" nie ganz schwer. Zugegebenermaßen handelte es sich bei ihr um eine sehr attraktive, angenehme Hundeausführerin. Und natürlich hatte dieses Bild etwas für sich, die attraktive blonde Dame mit dem kokett tänzelnden ebenso bildschönen Weimaranerrüden an ihrer Seite. Nur Filou schien dieser Anblick jedes Mal aufs Neue mächtig auf die Nerven zu gehen. So immer wieder das gleiche Spiel: Leine entspannen, ruhig gehaltvoll über „Hund und die Welt" quatschen mit der sowohl netten als auch sehr schönen Hundefrau, sich verabschieden und weiter gehts. Also: man hätte sich daran gewöhnen können. Es gibt wahrlich Schlimmeres auf dieser Welt.

Letztendlich war es aber unbefriedigend für mich, was das Verhalten meines Hundes betraf, wenn wir auch bei unserem Aufeinandertreffen eines immer richtig gemacht und geschafft haben – unsere Vierbeiner in der Situation zu beruhigen und damit die Botschaft an unsere Hunde vermittelt zu haben:

„Die Situation ist für dich hier sicher nicht toll, aber du musst sie ertragen. Ich dein Herrchen bzw. Frauchen habe alles im Griff und dir wird nichts geschehen!"

Nun möchte ich kein Veto dafür einlegen, dass jeder Hund ein Freund des anderen sein muss. Diese heile Welt gibt es leider nicht, genau wie bei uns Menschen.

Es muss hier sehr sorgsam umgegangen werden, wenn es darum geht, sich scheinbar nicht wohlgesonnene Hunde frei begegnen lassen zu können. Hier war das aber mein Ziel. Es ging nicht darum, Münze werfend

einem Hundekampf beizuwohnen, was ich nämlich ausschloss, da ich den grauen Weimaraner eher für einen kleinen Aufschneider hielt. Nein, es ging mir um ein leinenloses Guten-Tag-Sagen. So hätte jeder Hund die Möglichkeit zur Flucht, zur Meidung oder zum Kampf. Letzteres schloss ich zwar aus, was nicht heißt, auf alles vorbereitet sein zu müssen. Aber ich kannte meinen Filou und er konnte auf mich zählen.
Eine Gelegenheit sollte sich auch alsbald bieten. An einem zeitigen Sonntagmorgen sah ich schon von Weitem die zwei bekannten Silhouetten auf mich zukommen. Es war nahe eines Gewerbegebietes in unserer Nähe, keine weiteren Menschen unterwegs und die Hauptstraße fernab. Eine ideale Situation, dachte ich bei mir. So war auch die erste Frage nach unserer Begrüßung, dem üblichen Aufbegehren meines Sportfreundes und der wieder auf dicke Hose machenden Pose des Weimaraners ob wir nicht einmal die Leinen abmachen könnten und einfach schauen was passiert. Sie meinte, sie sei sich nicht ganz sicher, ob es funktioniert, da ihr Hund schon einmal schwer gebissen wurde und sie seitdem vorsichtig im Freilauf mit anderen Hunden sei. Augenzwinkernd meinte ich: „Die beste Gelegenheit für den Hund, wieder gute Erfahrungen zu sammeln!" Insgeheim fühlte ich mich bestätigt, zieht der Graue doch nur eine kleine Show ab, die da hieß: Stärke zeigen, um nicht wieder Opfer zu werden. Zu Filou hatte ich mittlerweile so viel Ver-

trauen, dass er auch von den zwei Optionen außer dem Kampf, nämlich Meidung und Flucht, im Fall des Falles Gebrauch macht. Sie wog den Kopf hin und her, schlug dann aber ein, wohl auch im Vertrauen in mein Tun. Zuerst einmal saßen unsere Hunde jetzt entspannt an der Leine, welche wir dann aber wie besprochen und auf Kommando im selben Augenblick abmachten, um dann ein paar Schritte zurückzutreten. Glücklicherweise gehörte sie auch nicht zu den Hundehalterinnen, welche jetzt denken, ihren Vierbeiner mit Worten wie „Na geh mal hin" oder gern auch mit dem Spruch „Na spiel fein" motivieren zu müssen. Nein, die sonntägliche morgendliche Ruhe lag jetzt auch über dieser doch etwas spannungsgeladenen Situation.

Beide Hunde waren nun erst einmal sichtlich verwundert über die Tatsache, plötzlich ohne menschlichen Halt mittels Leine dazustehen. Sofort aber ins hündische Begrüßungsritual übergehend, liefen sie erst einmal in einem kleinen Kreis hintereinander her, mit dem Ziel als Erster am Hintern des Anderen schnüffeln zu dürfen. Der Kreis wurde enger, bis dann beide fast Schulter an Schulter etwas abgewinkelt nebeneinander standen, dabei beide das Rückenfell zu einer Bürste aufgestellt. Das bedeutete Spannung. Keiner erwiderte den Blick des Anderen. So drehte der eine den Kopf weg, wenn er den Blick des anderen spürte und genauso verhielt es sich andersherum. Diese Situ-

ation hielt so etwa zwei Minuten an und war aus meiner Sicht von gegenseitigem Respekt geprägt. So sahen wir jetzt auch, wie sich alles plötzlich zu entspannen schien. Die Rückenbürsten wurden wieder zu normalem Hundefell und der Weimaraner fing plötzlich an, am Wegesrand ein paar Grashalme heraus zu rupfen und ließ dabei zu, Filou an seinem Hinterteil schnuppern zu lassen. Im Gegenzug bot mein Vierbeiner dann auch sein Hinterteil zur Geruchsprobe und Identifizierung an. Im Fußball würde man sagen, ein Remis auf Augenhöhe sowie eine gerechte Punkteteilung. Ich würde noch hinzufügen: … und einer Mannschaft mit einigen vorherigen Niederlagen ist wieder etwas Selbstbewusstsein gegeben worden.
Ich war froh, dass sich die Anspannung so aufgelöst hat und in einem blond umrahmten schönen Gesicht sah ich jetzt auch ein erleichtertes und dankbares Lächeln.

Bernds Foto und ein schöner Abschied

Die alten Herrschaften waren immer noch begeistert, wie Filou der Versuchung, also der Wurst direkt auf seiner Nase, widerstanden hatte.
Das nutzte ich aus und meinte, dass ich Filou auch in einer noch schwierigeren Situation davon abhalten könne, dass er sofort über die feilgebotenen Wurststückchen herfällt. Damit wollte ich dann auch auf einen nächsten Programmpunkt überleiten.
Ich zwinkerte Filou kurz zu. Dieser wusste sofort Bescheid und legte sich auf mein Handzeichen vor mir auf den Boden, ähnlich einer Sphinx, in der sogenannten „Platzstellung". Ich legte nun auf beide Vorderpfoten ein Stück Wurst und sagte meinen Zuschauern, nun hätte er es direkt vor der Nase und vor den Augen, was die Herausforderung noch größer macht.
Als wenn ich jetzt meinen kleinen Freund vergessen hätte und ohne weiter auf ihn zu achten, sagte ich zu den Leuten: „Na dann machen wir mal weiter im Programm..." Filou saß dabei weiterhin mit den geräucherten Wurstwaren auf seinen Pfoten an Ort und zugewiesener Stelle. Ihm den Rücken zuwendend, ging ich zu einem eigens für das Programm mitgebrachten Korb und entnahm daraus einen Gegenstand, den ich nun in die Luft hielt mit der Frage, was das denn sein könnte. Vor mir sah ich aber ein leicht irritiertes Publikum. Zum einen bangten sie mit Filou, ob

er der Versuchung auch widerstehen mag und zum anderen stand jetzt die Aufgabe im Raum, den etwa dreißig Zentimeter großen blauen Plastikgegenstand in meiner Hand zu erraten. Ich sagte zu den Leuten scherzhaft, aber den Tatsachen entsprechend, sie müssten sich wegen Filou erst einmal keine Sorgen machen. Er hätte heute früh schon sein Futter bekommen und auch die Versorgung des Hundes im Allgemeinen wäre mehr als gesichert. So hatte ich jetzt die Aufmerksamkeit für das Objekt in meiner Hand. Die Vorschläge reichten nun von Kolben, über Zylinder und Muffe und der ältere adrette weißhaarige Herr meinte: „Der Pariser..." machte eine Pause und sagte dann „...Turm". Keines von den genannten Objekten, auch das Letztere nicht, war aber die richtige Bezeichnung.

Da aber nicht nur das visuelle Mitmachen, also mit den Augen, sondern ebenso das haptische, nämlich das Berühren, gezielte „therapeutische" Mittel in meinem Programm sind, gab ich nun den Gegenstand herum. Ziemlich schnell war klar, auch lange danach allerdings nicht bei allen, dass es sich, wenn auch überdimensioniert, um eine Schraube handelte.

„Okay, eine Schraube!" bestätigte ich noch einmal laut.

Mein Seitenblick fiel dabei auf Filou, der inzwischen ganz in Vergessenheit der allgemeinen Aufmerksamkeit geraten war. Ich hielt die Schraube vor seine

Schnauze, bewegte sie schnell von oben nach unten und fragte dabei, ob er auch der Meinung sei, dass dies eine Schraube ist. Seine meiner Hand und dem Gegenstand darin folgende Kopfbewegung wurde von allen als ein bestätigendes Kopfnicken anerkannt.
Nun war es auch soweit: die zwei immer noch auf seinen Pfoten platzierten Wurststückchen gehörten verdientermaßen ihm.
„Eine Frage an die Handwerker in der Runde…" fuhr ich jetzt fort, „…was gehört denn zu einer Schraube dazu?" „…`ne Mutter!" kam es wie verabredet und prompt in einem Chor vom Damen-Duo in Reihe zwei. „Genau!" sage ich und schmunzelnd weiter, dass ich zwar jetzt vor mir mit Bestimmtheit die eine oder andere Mutter sitzen hätte, aber mir die passende zu meiner Schraube fehle. Dabei krame ich betriebsam suchend in meinen Hosentaschen mit jetzt etwas ratlosem Blick und der Mitteilung ans Publikum, dass ich sie heute früh eingesteckt hätte. Rein zufällig fällt dabei mein Blick auf Filou. Dabei frage ich ihn beiläufig und fast verzweifelt: „Filou, wo ist die Mutter?" Er geht zum Korb in der Ecke, kramt kurz darin herum, bringt mir daraus die orangefarbene Mutter und legt sie mir in die Hand. Natürlich freue ich mich jetzt über alle Maßen über den völlig unerwarteten Fund von Filou und alle darauf mit mir zusammen.
Wenn wie jetzt Applaus und Wurststückchen wieder kurz aufeinander folgen, gibt es auch für Filou kein

Halten mehr und seine Rute samt Hinterteil wedelt in rascher Folge lustig hin und her, hündische Freude pur! Dieses Mal drehte er dabei im Inneren des Stuhlkreises eine Showrunde, weiterhin mit seinem Hinterteil posierend und wachem Blick in die Runde, ob nicht irgendwo ein liebenswerter Rentner ihm etwas zusteckt. Was zu diesem Zeitpunkt von mir auch erst einmal erwünscht ist, um allen eine kleine Konzentrationspause zu gönnen. Zu diesem Zweck halte ich ein paar getrocknete Fleischteile bereit, welche ich jetzt den Leuten in die Hand gebe. Hier kann jeder, der will, Filou zu sich rufen und ihm im Gegensatz zur Wurst für sein Hundewohl jetzt einmal ein „gesünderes" Leckerchen zustecken. Wer sich traut, darf ihn natürlich auch streicheln und ich füge dann meistens mit meinen Worten noch hinzu: „An den Stellen hinter den Ohren mag er es am liebsten!". Im gleichen Augenblick vernehme ich auch schon das Schnurren meines Freundes unter einer streichelnden Hand. Doch es sind immer ein paar Personen dabei, die den körperlichen Kontakt zum Hund nicht wünschen. Eine Frau sagte zum Beispiel, sie wäre mal vom Spitzmischling ihrer Freundin in die Wade gebissen worden und sie hätte seitdem Angst vor Hunden.
Für mich eine Gelegenheit, den nicht gerade streichelnden und futterspendenden Anwesenden dieses Verhalten zu erklären. Besonders dem Spitz sagt man ja ständig nach, dass er sehr hinterhältig und falsch

wäre. Deshalb würde man ihn dann oft als „bösen Hund" titulieren.

Ich meinte nun, dass das, was dieser Hund macht, ein ganz normales angezüchtetes Verhalten ist. Denn gerade der Spitz ist als Hütehund mit der Aufgabe betraut worden, eine Schafherde zusammen zu halten. Wenn ein Schaf aus der Reihe tanzt, dann bekommt es eben auch mal die Hundezähne in der Ferse zu spüren. In dieser Situation, nun auf die Frau weisend und mit einem entschuldigenden Augenzwinkern, sagte ich, wäre sie nun leider das Scha..., ich berichtige mich, Schäfchen gewesen. Natürlich, das füge ich an, läge hier etwas im Argen, denn der Hund dürfe das trotzdem nicht tun.

Aber ich respektierte selbstverständlich die gewünschte Distanz und meinte, dass sie ja mit der heutigen Teilnahme schon auf einem guten Weg sei, gegen ihre Angst etwas zu tun.

„So, bevor mein Filou jetzt aus seinen Nähten platzt und am Kopf hinter den Ohren noch kahle Stellen bekommt...", sage ich mit spaßigem Unterton, „...machen wir jetzt mal weiter im Programm!". Dabei zeige ich noch auf meinen Kopf mit den Worten, er solle ja nach diesem Programm heute nicht aussehen wie sein Herrchen. Mir war das lichte Haupthaar allerdings genetisch mit in die Wiege gelegt worden.

Um das Schmunzeln aber auch die tröstende Anteilnahme vor allem im weiblichen Publikum – denn zumindest bei den Herren befand ich mich ja frisurmäßig in bester Gesellschaft – nicht größer werden zu lassen, warf ich jetzt eine ganz persönliche Frage an die Anwesenden in den Raum: „Was haben Sie früher mal beruflich gemacht?" und zeigte sofort auf den adretten Herrn mit dem, im Gegensatz zu mir und den anderen anwesenden Männern noch vollen aber dafür schlohweißen Haar. Er schaute mich an und dann in die Luft, sichtlich in seinen Erinnerungen suchend, mir eine schlüssige Antwort zu geben. Ich merkte, dass ihm dies große Mühe bereitete. Ich ließ ihm deshalb Zeit, denn diese geistige Auseinandersetzung dient hier unserem Zweck und ist gewollt. Dann kam es aus ihm heraus: „Industrie... in der Industrie..." und brach ab. Eine Pflegerin half ihm, den Satz zu vollenden und meinte, dass er ein sehr angesehener Ingenieur im hiesigen, regional sehr verwurzelten Werkzeugbau war. Nun fragte ich einen anderen Herrn, welcher zu Beginn schon einmal einer der Akteure der „Hundetrainer-Übung" war. Hier musste er ja den Filou zu sich rufen, ein „Sitz" kommandieren, darauf sich ein Pfötchen geben lassen und ihn dann mit einem Leckerli belobigen.
Aber auch er musste erst einmal überlegen.
In der Zwischenzeit wandte ich mich an alle und sagte, dass ich es sehr interessant finde, was die Einzelne

bzw. der Einzelne früher gemacht hat und dass ich mit dieser Frage auch auf etwas ganz Bestimmtes hinaus wolle.

Der Gefragte hatte sich nun entschieden, mir eine Antwort zu geben, bei der ich mir ein plötzliches lautes Lachen verkneifen musste. Denn, und das sagte er mit vollster Überzeugung und einem unerschütterlichen Blick in mein Gesicht, welcher nicht die Spur des geringsten Zweifels zuließ: „Ich war ein Hundetrainer!". Dem folgte spontane Bewunderung im weiten Rund.

Eine Pflegerin, welche im Augenblick dieser Aussage gerade einen Schluck Kaffee genommen hatte, fand jetzt prustend einen großen Teil davon auf ihrem weißen Kittel wieder.

Mit Tränen in den lachenden Augen, welche in dieser Situation also nicht annähernd mit einem traurigen Ereignis in Zusammenhang zu bringen waren, versuchte sie jetzt, mit Hilfe ihres Taschentuches und etwas Spucke die bräunlich wässrigen Flecke wieder aus dem Stoff zu wischen. Bei diesem vergeblichen Reinigungsvorhaben schien sie sich jedoch kaum beruhigen zu können.

Der nicht enden wollende und kaum zu unterdrückende Lachanfall hatte nun wohl noch die restlichen Teile ihres Körpers erfasst.

Während ich mir mit dem anderen noch anwesenden Pflegepersonal belustigende Blicke zuwarf, gehörte

die Achtung und Aufmerksamkeit jetzt aber meinem neuen „Kollegen" hier im Raum. Die Götter, die ich rief... könnte man sagen. Aber einem über Achtzigjährigen noch zu einem späten Berufsabschluss verholfen zu haben, machte auch mich stolz.
Ich sah einen glücklichen und überaus stolzen alten Mann, ...nur das zählte in diesem „Hier und Jetzt"!
Im weiteren Verlauf erfuhr ich auch noch von anderen Berufen wie der Bäckerin, der „persönlichen Chefsekretärin", dem Fahrer und so weiter.

Eine Frau sagte mir auf meine Frage hin, auch nach etwas längerem Überlegen: „Ich war Beutelbeförderin". Ich meinte zu ihr, dass dies interessant klingt, aber ich diesen Beruf noch nicht gehört hätte. Daraufhin kam wie aus der Pistole geschossen von einer der beiden Damen aus Reihe zwei, welche ihre Basteltätigkeiten mittlerweile eingestellt hatten: „Na, die war bei der Post!".
Ich meinte anerkennend an die nun enttarnte ehemalige Postangestellte: „Die Beutelbeförderin" klänge aber auch sehr gut.
Nachdem ich nun viele bekannte Berufsbezeichnungen, aber auch manche damit verbundene Kurzgeschichte gehört hatte, wandte ich mich wieder und so nebenbei fragend an die Senioren, warum sie denn arbeiten waren. Eine fast banale, aber einfache Frage

und alle schauten mich auch dementsprechend entgeistert an.
„Na, um Geld zu verdienen!" brachte es eine alte Dame auf den Punkt.

Freude pur

Darauf wollte ich hinaus und hielt mittlerweile einen weiteren Gegenstand in meiner Hand. Um es vorweg zu nehmen: es war ein schlichter einfacher Jogurtbecher, was auch auf meine auffordernde Frage hin

ziemlich schnell erkannt wurde. Ich rief Filou zu mir und sagte zu ihm, den Jogurtbecher vor seine Schnauze haltend: „Brings in den Korb!" Filou nahm den Becher behutsam zwischen seine Zähne und legte den leeren Jogurtbecher dann im bereitstehenden Korb ab. Daraufhin vergaß er natürlich nicht, das auf ihn wartende Wurststück dafür bei mir artig abzuholen.
Wieder an meine Alten gewandt, sagte ich: „Genauso verhält es sich bei Filou".
Er muss für sein Geld erst einmal arbeiten. Nur wäre hier sein Geld das Leckerli.
Auch dass er bei uns zu Hause gelegentlich die gleiche Tätigkeit verrichten müsse, nämlich einen Jogurtbecher oder anderen Müll zu unserem „Gelben Sack" in die Garage zu tragen, um ein Leckerli außer der Reihe zu erhalten.
Dies hätte nebenbei auch etwas mit Kopfarbeit und Auslastung des Hundes im Haus zu tun.
Ich schickte ihn nun wieder auf seine Decke. Diesmal blieb er dort aber gleich sitzen, wohl wissend, dass es nun langsam auf das Ende unseres Programms zulief und die letzte zu meisternde Übung anstand.
In diesem Moment ging die Türe des großen Besuchsraumes auf und ein Pfleger kam herein. Er entschuldigte sich und meinte, er wolle eine Frau Hübner abholen, die jetzt ihren Friseurtermin bei der gerade eingetroffenen Heim-Friseurin hätte.

Frau Hübner war die schon einmal von einem Spitz attackierte Dame. Sie meinte: „Schade...!" und es würde ihr doch gerade sehr gefallen hier. Sie ließ sich dann, auf einer Seite ihren Stock greifend und anderseits vom Pfleger unterhakend, aus dem Raum führen. Dabei führte ihr Weg an Filou´s Sitzplatz vorbei. Kurz vorher stoppte sie, nahm ihren Arm aus der Umklammerung des Pflegers und strich Filou vorsichtig – als wenn es hier um eine naturgroße Tierstatue aus edelstem Meissner Porzellan handelt – mit einer etwas zittrigen Hand über seinen Kopf und sagte: „Vor dir habe ich keine Angst mehr, du bist ja ein ganz Lieber!". Halb entschuldigend bedankte sie sich bei mir mit den Worten: „Vielen Dank, das war toll... aber hab am Samstag eine Familienfete, da muss ich gut aussehen." Dabei zwinkerte sie mir zu und ließ sich vom jungen Pfleger wieder einhaken. Dann verschwanden beide hinter der sich jetzt wieder schließenden Tür. Zu Filou schauend dachte ich kurz: hat das Schlitzohr doch wieder jemand um den Finger gewickelt. Doch genau dafür sind wir ja hier!
Ich suchte nun meine Utensilien für die nächste und letzte Darbietung zusammen: eine Leine, einen Ball, einen großen Gummiknochen, einen Ring und ein Seil. Die einzelnen Begriffe lasse ich mir von den Rentnern in der Runde zurufen, was diesmal auch perfekt geklappt hat. Filou hatte nun die Aufgabe, nachdem ich alle Gegenstände auf den Boden gewor-

fen hatte, diese entsprechend ihrer Bezeichnung zu mir zu bringen. Gespannt schauten nun die Leute auf mich, als ich die Utensilien durcheinander auf den Fußboden warf. Ich drehte mich um, um Filou heranzurufen. Doch was sah ich? Nichts, bis auf eine leere Decke. Nach einer weiteren Drehung sah ich hinter der Stuhlreihe das Schwänzchen meines vierbeinigen Partners freudig aufgeregt hin und her wippen.

Filou hatte in der Zwischenzeit wohl einen Duft aus dem unweit stehenden Mülleimer aufgenommen, in den er nun seinen Kopf vergraben hatte.

Ich rief „Filou, hier!". Keine Reaktion. So, als ob er jetzt zum Schluss noch einmal sein ganzes Repertoire abspulen wollte, wandte er mir trotzig sein Hinterteil zu. Sein verstärktes Interesse galt jetzt vordergründig den vermuteten verborgenen Schätzen dieses Abfalleimers. Das konnte ich natürlich nicht gelten lassen. Mit zwei schnellen Sätzen war ich bei ihm, gab das bekannte Abbruchsignal „Scht!" und kniff ihn dabei kurz in die Seite. Augenblicklich ließ er jetzt von seinem Vorhaben, weiter bis auf den Grund des Eimers nach möglichen Schätzen zu suchen, ab. Wie kurz zuvor saß er jetzt wieder, als wenn nichts geschehen wäre, auf seiner Decke, schaute mich fragend an unter dem Motto: „Geht's endlich los?". Und es ging los. Ich sagte zu Filou: „Bring die Leine!" Darauf fischte Filou seine Leine unter den Gegenständen heraus, mit der Besonderheit, diese vorher noch fein säuberlich zusammenzulegen, bevor er mir diese in die Hand gab. Entsprechend meiner Ansage folgten dann Ball, Knochen, Seil und Ring. Wieder einmal gab es jetzt Leckerli, Applaus und den obligatorisch freudigen Powackler meines vierbeinigen Showstars Filou.

Nun war es an der Zeit, langsam „Auf Wiedersehen" zu sagen. Ich erkläre das den Leuten immer damit, dass Filou für heute erst einmal genug gemacht hätte und jetzt, ebenso wie die vor mir sitzenden Senioren, wieder etwas Ruhe brauche. Um das noch bildlich zu untermalen, rufe ich Filou zu mir, mache eine ihm bekannte Handbewegung und sage halb zum Publikum und halb zu ihm gewandt: „Der Filou ist nämlich ganz K.O.!" Daraufhin legt sich mein kleiner Freund, wenn auch etwas mürrisch, weil diese Übung nicht sonderlich mögend, ausgestreckt auf die Seite und verharrt so einige Sekunden, bis sein letztes verdientes Wurststück von mir ihn aus dieser Haltung erlöst.

Bevor ich jetzt aber endgültig „Tschüss" für heute sage, gibt es noch eine Abschiedsrunde, mit Würstchen und Streicheleinheiten, hier bei meinen netten Alten. Zu diesem Zweck reiche ich noch einmal ein paar Hundeleckereien aus.

Der weißhaarige ältere Herr und „Frauenschwarm" streckt Filou als erster ein Wurststück entgegen, während er ihm dabei behutsam mit der Hand über den Kopf fährt. Dann ist die „Neufundländer-Oma" an der Reihe. Sie stellt dabei fest, wie unterschiedlich doch

Hunde im Aussehen und in ihrer Art sein können. Filou wäre ja außerdem viel schlanker und temperamentvoller als der zottelige und dagegen eher behäbige Hund ihrer Tochter. Ich meinte darauf, dass die einzelnen Rassen natürlich unterschiedliche Eigenschaften mit sich bringen, aber Hunde wie auch wir Menschen verschiedene Charaktere entwickeln können. Doch im Umgang und der Führung sei es bei allen einfach nur „der Hund".

Selbst die Damen aus Rang zwei, meine beiden Muppet-Ladies, wie ich sie liebevoll genannt habe, hielten für Filou jetzt ein schmackhaftes Leckerli bereit. Ihre Heißklebepistolen waren mittlerweile entmunitioniert, so dass für Filou auch keine größere Gefahr im Verzug war.

Danach war auch mein „Hundetrainerkollege" an der Reihe. Sich vorher noch einmal umschauend und prüfend, ob er auch die volle Aufmerksamkeit der Seniorengruppe hat, rief er Filou mit einem zackigen Kommando zu sich: „Hier". Filou saß dabei aber schon längst, wegen des Leckerlis in seiner Hand, vor ihm. Trotzdem bestätigte er ihn mit den Worten „Fein gemacht!" und zum bereits sitzenden Filou sagte er nun natürlich: „Sitz". Dabei schaute er sich um, mit einem beifallsheischenden Blick, der zu sagen schien: „Schaut mal, hab ich das nicht wieder klasse gemacht?".

Eigentlich eine wunderbare Vorstellung für jeden Hundehalter, dass der Hund immer schon vorher genau weiß, was man von ihm will, um es spaßig zu interpretieren.
Bei der bereits genannten Pflegerin jedenfalls, auf deren Kittel noch die Kaffeekonturen des vorherigen Ereignisses abzulesen waren, begann sich schon wieder der Mund zu einem breiten Lächeln zu verziehen.
Glücklicherweise hatte sie jetzt keinen Kaffeetopf mehr in der Hand und Filou gab nun auch ordnungsgemäß sein Pfötchen auf das vorherige entsprechende Kommando des etwa achtzigjährigen Rentners und Hundedompteurs.
Mein Freund Filou sammelte jetzt reihum seine verdienten Leckerchen ein. Nachdem er sich bei dem Rollstuhl- und „Streitwagenfahrer" seine Beute und ein Streicheln hinter dem Ohr abgeholt hatte, war er nun vor dem Stuhl von Bernd angekommen. Wie schon beschrieben, saß dieser immer noch nahezu teilnahmslos in seinem Rollstuhl, dabei die Arme schlaff auf den Armstützen abgelegt. Ich fragte, an das Pflegepersonal gewandt, ob ich einmal etwas ausprobieren dürfte, um auch Bernd abschließend noch ein klein wenig in unser „Therapieprogramm" mit einbeziehen zu können. Dem sprach nichts entgegen. Im Gegenteil, ich erhielt ermunternde Gesten, wohl auch im Vertrauen in mein Tun, mein Vorhaben umzusetzen.

So sagte ich zu Filou „Hopp" und wies dabei auf die Oberschenkel des vor ihm sitzenden Mannes. Filou sprang jetzt, die Hinterläufe weiter auf den Boden belassend, mit seinen Vorderpfoten in die Höhe. Dabei landete er punktgenau auf dem Polster des freien Stuhlbereiches zwischen den Beinen von Bernd. Als wenn man Bernd jetzt mit einer „Starttaste" angeschaltet hätte, ging sein Kopf plötzlich nach oben. Filou, selbst darüber wohl erstaunt, versuchte den Schreck seines Gegenübers abzumildern, denn er leckte ihn beschwichtigend die noch immer auf der Armlehne liegende linke Hand.

Nun schaute mein Hund, dabei wild mit dem Schwanz wedelnd und dieses Mal mit dem rechten Auge auffordernd zwinkernd, in die Augen des scheinbar gerade „erwachten" Mannes.

Ob man es nun glaubt oder nicht: in diesem Moment müssen in dem alten Herrn einige seelische Dämme gebrochen sein, denn aus seinen jetzt immer mehr zu strahlen beginnenden Augen rollten auf einmal Tränen. Tränen der Freude!

Er führte seine gerade noch von Filou „liebkoste" Hand in Zeitlupentempo nach oben und verharrte mit dieser vor dessen Schnauze. Als wenn Filou sich seiner Aufgabe jetzt besonders bewusst war, stupste er mit seiner Nase ganz vorsichtig dagegen und leckte dann kurz über den angebotenen Handrücken.

Dieses Verhalten habe ich bei Filou schon einmal gesehen, nämlich als er noch ein Junghund war. Wir spielten im Park mit einem kleinen Ball. Dieser landete plötzlich unter dem Rollstuhl eines älteren Mannes. Filou, der gerade noch im Spielmodus auf Level einhundert war, wurde immer ruhiger, je näher er dem Ziel Ball und dem dann vor ihm sitzenden gehandicapten Menschen kam. Es war nicht die Angst vor dem Rollstuhl, sondern die Ausstrahlung und Energie dieser Person, mit welcher er jetzt konfrontiert wurde.

Ähnlich verhält es sich auch, wenn es bei uns zu Hause mal zu einem lauteren Wortgefecht kommt. Wer sitzt dann plötzlich zwischen uns? Filou! Wechselseitig schaut er uns dann nahezu hypnotisch musternd und fragend an und wedelt dabei mit seinem Schwänzchen. Belustigt über dieses Schauspiel ist unser Ärger dann meist schnell vergessen.

Vielleicht ist das ja die vielbeschriebene soziale Kompetenz des Hundes?

Dazu passt auch die erforschte Beobachtung von Wölfen und wilden Hunden, wo nach Rangkämpfen innerhalb eines Rudels der Überlegene mit entsprechenden Versöhnungsgesten dem Verlierer gegenüber die Harmonie im Rudel wieder herstellt.

Die Atmosphäre im Raum war weiterhin gespannt und alle schauten gebannt auf das Mensch-Hund-Duo

Bernd und den weiterhin schwanzwedelnd motivierenden Filou.

In diesem Moment bewegte Bernd seine mühsam erhobene Hand weiter an die Brusttasche seines Hemdes. Etwas zittrig zog er daraus ein kleines, erst schwer erkennbares Papierstück, welches er nun in meine Richtung streckte.

Auf sein Deuten hin nahm ich es in meine Hand. Ich erkannte nun ein vergilbtes altes Foto. Es war eines dieser Schwarz-Weiß-Fotos, in der Größe fünf mal fünf Zentimeter, mit einem gezackten Rand, welche eigentlich nur noch älteren Generationen bekannt sein dürften.

Ich erkannte darauf einen kleinen Jungen mit einem schwarzen Pudel.

Bernd zeigte auf sich und wieder rollte eine Träne an seiner Wange herunter.

Er wollte mir damit sagen, dass er hier mit seinem Hund abgebildet war.

Eine Pflegerin sollte mir dann auch kurz nach dem Programm berichten, dass Bernd dieses Foto nahezu immer bei sich trägt. Es wäre für ihn eine Art „Heiligtum" in Erinnerung an seine Freundschaft zu seinem Hund aus Kindertagen.

Von dieser Emotionalität war ich mehr als bewegt. Selbst die Pflegekräfte waren sichtlich gerührt und erstaunt über dieses freudige, wenn auch tränenreiche

Lebenszeichen ihres zur Pflege anvertrauten „Schützlings", den sie alle hier nur Bernd nennen.
Meine Mission war mehr als erfüllt. Besser konnte mein Programm nicht enden.
Mir blieb nur noch eines: mich zu verabschieden.
Zu diesem Zweck hockte ich mich noch einmal in den Kreis, ein Knie auf dem Boden und eins angewinkelt nach vorn gestellt. Ich rief zu Filou „Und durch!" Filou kroch unter meinem Bein hindurch. Dann folgte von mir ein letztes Kommando „Hopp" und er sprang auf meinen waagerecht abgestützten Oberschenkel.
Nun, meinen lieben Freund Filou im Arm, sagte ich zu den Menschen vor mir:

In Abschiedspose

„Wir hoffen es hat Ihnen, wie uns, Spaß gemacht?! Wenn ja, sagen Sie es gern weiter, wenn nicht, behalten Sie es für sich!" und „Wir sagen Tschüss, bis sicher und hoffentlich bald mal wieder!"
Ich glaube, was wir jetzt vernahmen, war ein ehrlicher und anerkennender Applaus. Filou zeigte mir und den Alten in der Runde mit seinem lustig hin und her schwingenden Schwänzchen wiederum seine Freude auf seine ihm gegebene, ganz eigene hündische Art und Weise.

Zweimal schlechte Nachricht und die wundersame Heilung

Die Behauptung samt der Fragestellung: „Ich habe eine gute und eine schlechte Nachricht. Welche möchtest du zuerst hören?" ist sicher allgemein bekannt. Dies ist ein gern verwendeter und psychologischer Behelf, wirklich negative Tatsachen abzumildern bzw. dem Befragten einen Spannungsbogen ins Positive anzubieten – was wohl mit einem gewissen Harmoniebedürfnis von uns Menschen zusammenhängt.
Als Kind konnte ich das schon sehr gut selbst testen. Als ich diese Frage einmal meiner damit überraschten Mutter stellte, trat genau dieser Effekt ein. So musste ich ihr – entsprechend ihres Wunsches, die schlechte Nachricht zuerst hören zu wollen – mitteilen, dass mir die gute teure Vase heruntergefallen ist. Ich verschwieg dabei natürlich, dass dies beim Ballspielen in der Wohnung geschah. Ich war selbstverständlich gestolpert und aus Versehen gegen das Regal gestoßen. Bevor meine Mutter nach Luft ringen konnte, legte ich beschwichtigend nach, ich hätte heute ausnahmsweise keine Lust zum Fußballspielen und war stattdessen bereit, selbständig den Müll herunterzutragen und das Geschirr abzutrocknen. Sie warf jetzt nur noch einen wehmütigen Blick an die Stelle im Regal, wo vor kurzer Zeit noch ihre schöne Vase stand und

meinte, sie müsse jetzt sauber machen und ich solle zum Fußballspielen verschwinden.

Manchmal glaubt man zu meinen, unsere Hunde verstehen sich in diesem Spiel auch ganz gut, so unter dem Motto: „Die Fernbedienung ist zwar hin, aber schau mal, wie treu ich gucken kann!".

Am liebsten sind wir selbst jedoch Übermittler und Empfänger von guten Nachrichten. Nur was ist, wenn die Fee daherkommt und sagt: „Ich habe eine schlechte Nachricht und noch eine schlechte Nachricht!"? Dann tritt die Frage in den Hintergrund, welche schlechte Nachricht man zuerst hören möchte. Das Leben fragt ja auch nicht danach, sondern stellt uns manchmal ungewollte Tatsachen einfach und ungefragt vor die Nase, so wie jetzt bei uns…

Filou war nun zu einem jungen stattlichen Rüden herangewachsen und wie bei uns Menschen sollte nun auch wieder der obligatorische (Tier-)Arztbesuch auf dem Programm stehen. Schon wegen der jährlichen und empfohlenen Impfungen war dies bei uns ein Pflichttermin.

Bei manchen Hundehaltern stößt das nicht immer auf Gegenliebe, bis dahin, dass den Tierärzten hier Geldmacherei vorgeworfen wird und eine Tatsache ist: es gibt beim Hund keine Pflichtimpfung in unserem Land. Nur was passiert, wenn ein Hund zum Beispiel keine vorsorgliche Tollwutimpfung hat und gerät in eine Auseinandersetzung, schnappt dabei, aus Gründen seiner eigenen Verteidigung, richtig zu? Auch wenn man felsenfest und richtigerweise der Meinung ist, die Tollwut wäre ja in Deutschland weitestgehend verbannt, der Gesetzgeber hätte jetzt alle Möglichkeiten, ein Urteil höchster Konsequenz über den Vierbeiner zu fällen.

Da vieles in unserem Land der individuellen Entscheidung unterliegt, muss man dieses Thema hier auch nicht fortführen und es sollte ja auch nur am Rande bemerkt sein.

Wir jedenfalls nahmen und nehmen diese Impfthematik bis zur schlüssigen Begründung ihrer Zwecklosigkeit ernst.

Der anstehende Tierarzttermin war jedoch diesmal ein besonderer, denn neben den Impfungen sollte Filou dieses Mal auch geröntgt werden. Das war vorab geplant, um eine hundetypische Erkrankung, die „Hüftdysplasie" (auch kurz als „HD" bezeichnet), auszuschließen bzw. frühzeitig im Vorstadium erkennen zu können.

Da man einen Hund nicht in den ersten Monaten röntgen sollte und bereits vereinzelte Fälle von HD auch in der Zucht von Magyar Vizslas auftraten, schien uns der Zeitpunkt jetzt günstig.

Auch hatte Filou sich vor ein paar Tagen beim Herumtollen verletzt, was sich in einem linken vorderen Hinkebeinchen äußerte. So kam es gerade recht, dass die große und mehr als stämmig gebaute Tierärztin, nachdem sie zum Schutz vor den Strahlen ihre schwere fast übergroße Bleischürze übergestreift hatte, das Röntgengerät in Gang setzte. Filou hatte sich nun, endlich auch relativ entspannt, in der Liegeposition dem weiteren Schicksal gefügt. Nach seiner anfänglichen Aufregung hatte er die Impfung, die allgemeinen Begutachtungen von Ohren und Zähnen sowie die Tastuntersuchung seines linken Vorderlaufes, welche ohne auffälligen Befund zu sein schien, tapfer über sich ergehen lassen.

Auch wenn unserem Filou heute eine Häufigkeit von Tierarztbesuchen in der Zukunft prognostiziert werden sollte, waren wir glücklicherweise bisher sehr selten bei tierärztlichen Weißkitteln vorstellig. Deshalb ist es immer wieder eine Herausforderung, ihn erst einmal zu beruhigen. Bei unserem letzten Impftermin beispielsweise hatte mir der Tierarzt dann schon angeboten, Filou gleich unten am Boden zu impfen. Doch ich bestand wie immer darauf, dass ich ihn erst auf den Behandlungstisch hebe und er dort kurz zur Ruhe kommt, bevor der Mann im weißen Kittel, welcher gerade noch die Kanüle genüsslich klopfte, zur Tat schreiten kann. Genauso ist es beim Abgang vom Tisch. Ich lasse es nicht zu, dass mein Vierbeiner sofort aus seinem Fluchtimpuls heraus vom Tisch springt. Auch hier behalte ich mit Ruhe das Geschehen in meiner Hand. Die Tierarzthelferin meinte nur: „So sollten es alle machen!"…ja, warum eigentlich nicht – wie gesagt, an mir soll's nicht liegen.

Doch wieder zum heutigen und alles andere als gewöhnlichen und freudvoll enden sollenden Tierarztbesuch. Die Tierärztin, welche sich ihrer Bleischürze wieder entledigt hatte, bat mich nun, ihr erneut mit ins Sprechzimmer zu folgen. Was ich brav tat, wobei ich bei unserem Gang durch den Praxisflur feststellte, eine Gefahr ihres Abhebens oder sogar eines Schwebens, auch ohne den bleiernen Umhang an ihrem Körper, konnte nahezu ausgeschlossen werden. Doch der Spaß sollte mir für heute erst einmal vergehen.

Ich hatte nun, auf Anweisung, neben dem Schreibtisch Platz genommen. Filou saß zwar etwas erschöpft aber erleichtert dreinschauend an meiner Seite, während die Ärztin in ihrem großen Drehstuhl versank und einen fast übergroßen Computermonitor zum Erleuchten brachte. Diesen hatte sie dabei so eingedreht, dass sich nun auch für mich und für Filou das Bild eines Skelettes, ähnlich dem Fund eines Kleinsäugers aus der Urzeit nach einer archäologischen Ausgrabung, vor uns auf dem Bildschirm auftat.

Wir schauten nun alle wie gebannt auf das gräuliche von den weißen Skelettknochen Filous durchzogene digitalisierte Röntgenbild.

Obwohl Filou bisher nur an bewegten Bildern im Fernsehen Anteil nahm – und das mit Vorliebe bei

Tierdokumentationen mit rennenden Beutetieren – hätte man seinen interessierten Blick auf das Monitorbild jetzt so deuten können: in Reihe eins des Hörsaales sitzt ein mehr als nur wissensdurstiger Absolvent seines ersten Semesters des Veterinärmedizinstudiums bei dem Vortrag „Physiognomie und Skelettaufbau von Canis Lupus Familiaris (lateinisch für Haushund)".

Als ob er verstand, worum es hier ging, wechselte jetzt sein Blick zwischen der angestrengt dreinschauenden Tiermedizinerin und seinem eigenen, aber sehr reduzierten Konterfei vor uns auf dem großen Monitor. Der analytischen Bestandsaufnahme sollte nun das tierärztliche Urteil folgen, welches die Medizinerin mit folgenden Worten an mich begann... und Sie werden es nicht glauben: „Also, ...ich habe eine gute und eine weniger gute Nachricht für Sie!"

Zu dem eingangs von mir dargestellten psychologischen Behelf der guten und der schlechten Nachricht war das natürlich jetzt die Höchstform, sozusagen der Behelf des Behelfs, denn die weniger gute Nachricht konnte in Wahrheit nur eine sehr schlechte sein. Und das war sie auch.

Sie ließ sich noch etwas Zeit. Dabei versuchte sie, ihre Brille zurechtzurücken, welche nach diesem ungelenken Manöver mit ihrer Hand nun noch schiefer als zuvor auf ihrer Nase saß. So schaute sie mich nun mit in Falten gelegter Stirn an, zeigte dabei auf das schwarz-weiße Monitorbild und sagte: „Die Knochen sowie die Gelenke Ihres Hundes sind einwandfrei, auch am Vorderlauf ist keine Beeinträchtigung zu erkennen." Dabei zeigte sie auf die hellen, klaren und durchgehenden Linien und Flächen auf dem Monitor, welche Filous Knorpel- und Skelettteile darstellten. „Aber…", sie machte wieder eine kurze Pause, „… mit dem Herz Ihres Hundes stimmt etwas nicht!" Jetzt wies sie auf eine große helle etwas milchige Fläche im Brustraum des Hundegerippes auf ihrem Digitalscan. Sie meinte weiter, das Herz wäre viel zu groß, auch könnte das Filous gelegentliche Beeinträchtigung am linken Vorderlauf erklären. Es würde darauf hinauslaufen, dass unser Hund perspektivisch und sein ganzes Hundeleben lang entsprechende Herzmedikamente einnehmen müsste. Die Kosten dafür lägen im Monat bei ca. fünfzig Euro. Eine genaue Therapie würde sie mit mir noch abstimmen wollen und mir aber schon ein paar Tabletten fürs Erste mitgeben.

Sie entließ uns beide mit den Worten, dass für Filou höchste Schonung angesagt ist.

Wer schon einmal einen über die Maßen passionierten und ambitionierten Jagdhund im Wald laufen und stöbern gesehen hat, wie dabei jeder einzelne seiner Muskeln arbeitet, das Schwänzchen pausenlos freudig hin und her geht und welche Eleganz sowie tierische Glückseligkeit dieser Anblick ausstrahlt, versteht vielleicht, wie es mir jetzt erging, als ich mit meinem

jungen, gerade zum Reservisten gestempelten Vierbeiner wieder vor der Tierarztpraxis stand.
Denn das alles sollte jetzt nicht mehr gehen. Dass Hundehalter ihren Vierbeinern ähnlich sehen sollen, entsprach wohl in diesem Moment mehr als nur den Tatsachen. Denn da standen zwei betröppelte mitgenommene Gestalten, welche sich nur in der Länge ihrer hängenden Ohren unterschieden.
Was ich in diesem so düsteren Augenblick noch nicht wissen konnte: es sollte alles auf ganz wundersame Weise wieder gut werden.

Die angekündigte nächste schlechte Nachricht sollte aber erst einmal nicht lange auf sich warten lassen. Ich erhielt ein paar Tage später einen Anruf von der mir bekannten Hundetrainerin, welche damals Berry begutachtete – der Vorgänger und ja auch gewissermaßen große Bruder von Filou, der sich damals so eindrucksvoll bei uns eingebrannt hatte. Und um einen Hund mit dem Namen Berry sollte es auch gehen. Etwa um „unseren" Berry? Sie sagte jedenfalls, sie hätte jetzt eine Hundetrainerpraktikantin angestellt, welche ihr von einem Magyar Vizsla-Rüden namens Berry berichtet hat und ob ich nicht Interesse hätte, mir ihre Geschichte einmal anzuhören. Ich war natürlich gespannt und machte einen Termin für den nächsten Tag aus.

Eine sportliche, sehr engagiert wirkende junge Frau nahm mich am Tor der Hundeschule in Empfang. Bevor ich überhaupt dazu kam, mich vorzustellen, zog sie schon ihr Handy aus der Tasche und zeigte mir das Porträtbild eines Hundes.

Es war nicht irgendein Hund, nein kein Zweifel, es war Berry, der hier abgebildet war. Ich erkannte ihn an der unverkennbaren Narbe über seiner rechten Augenbraue. Unser Berry! In bildhaften Sequenzen liefen jetzt wieder die Episoden unserer kurzen, aber intensiven Begegnung an mir vorüber, so zum Beispiel die verteilten Pappkartons in unserem Wohnzimmer, die Sache mit dem Gummispielzeug...

„Er ist tot!". Mit diesen drei Worten holte sie mich abrupt zurück in das Hier und Jetzt. Ich war erst einmal vor den Kopf gestoßen – aber um das nicht falsch zu verstehen: Menschen und Tiere gehen. Und gerade Hunde leben im Normalfall nun mal nicht so lange wie ein Mensch. Nicht umsonst ist das wohl auch eine der schwersten Lektionen für jeden Hundehalter. Doch ein sieben Jahre alter, voll in seiner Kraft stehender Magyar Vizsla-Rüde...? Ich hatte ihn zwar lange Zeit nicht gesehen... War er krank, was ist geschehen? Eigentlich schien doch damals alles wieder ins Lot gekommen zu sein mit der Vorbesitzerin.

Sie begann zu erzählen und aus heutiger Sicht glaube ich, sie wollte auch ein klein wenig Absolution von jemandem, der auch nicht die besten Erfahrungen mit

Berry gesammelt hat, denn auch ihre Begegnung mit ihm sollte eine mit dramatischen Folgen sein... Sie fing an, mir nun ihre Geschichte von Berry zu erzählen.

Bis vor kurzem hatte sie noch als Praktikantin in einem nahegelegenen Tierheim gearbeitet. Eines Tages wurde dann dort Berry abgegeben, mit der Begründung, er wäre nicht mehr haltbar. Ich vermute, es war die Vorbesitzerin, bei der angeblich wieder alles ok zu sein schien, aber in Wirklichkeit wahrscheinlich alte Probleme mit Alkohol und Schlägen das Fass wieder zum Überlaufen brachten. Jedenfalls war Berry nun endgültig im Tierheim gelandet. Dort wurde von den Pflegern dann auch schnell festgestellt, dass er sich ziemlich unverträglich mit anderen Hunden verhielt. Wie wir damals auch schon gemerkt hatten, war seine erste Option der Angriff. Sie sagte, er wäre bei Raufereien im Freilauf mit anderen Artgenossen sofort in den Kampfmodus übergegangen, so dass es auch zu mehreren Beißvorfällen kam. Von da an musste er von den anderen Heiminsassen getrennt werden. Mit den Pflegern schien es bis dahin aber keine Probleme zu geben. Nun war er ja nach wie vor ein attraktiver Hund – und Tierheimbesucher, die einen Vierbeiner suchten, kamen so einfach auch an Berry nicht vorbei. So geschah es, dass er vermittelt wurde, an ein junges wohl auch hundeerfahrenes Pärchen, sicher auch in Kenntnis gesetzt darüber, dass der Hund nichts für

Anfänger ist und ein paar Dinge mit ihm im Argen liegen bzw. angegangen werden müssten. Um es kurz zu machen: es dauerte nicht lange und das Pärchen, der Mann dabei jetzt allerdings mit einer verbundenen Hand, standen samt Berry wieder vor der Tür des Tierheimes. Er hätte ihn wohl nur von der Couch ziehen wollen, so die wiedergegebenen Worte des Mannes. Berry saß nun wieder im Arrest des Tierheimes und es zeigte sich, dass er nun auch Probleme mit einzelnen Pflegern bekam, vorrangig in Situationen, wenn er sich in die Ecke gedrängt fühlte. Das kam mir alles sehr bekannt vor. An eine weitere Vermittlung war nun also erst einmal nicht mehr zu denken. So nahm sich die vor mir stehende Hundetrainerpraktikantin, ihren Worten nach, Berry an und übernahm ihn mit in ihr kleines, schon vorhandenes Hunderudel von zwei Hunden. Dabei legte sie anfangs sehr großen Wert auf die Trennung der Hunde. Sie erzählte mir nun, dass es immer wieder zu kleineren und auch größeren Attacken von Berry, scheinbar aus dem Nichts heraus, gegen Hund und Mensch kam. Eine Besserung schien nicht in Sicht und ich nahm es ihr ab, dass sie sich wirklich beherzt und im besten Glauben engagiert für das Wohl und die psychische Rekonvaleszenz, also für die Wiederherstellung eines normalen Hundeverhaltens, von Berry einsetzte. Doch, wie schon einmal erwähnt: hier hatten Menschen vor ihr schon ganze Arbeit geleistet und das im negativsten Sinne. Eines Nachts, so sagte sie weiter, sie war gerade auf einem praktischen Hundetrainerseminar im Norden Deutschlands – mit dabei Berry und ein anderer Hund ihres „Rudels" – kam es dann zu einem schlimmen folgenschweren Vorfall. Berry, der im Pensionszimmer angebunden war, soll den anderen Hund, der in der Dunkelheit zum Wassernapf und in der Reichweite seiner Leinenlänge an ihm vorbei lief, sofort attackiert und sehr schwer verletzt haben, indem er ihm dabei ein Stück der Lefze herausgebissen hat.

Die Beratschlagung in den nächsten Tagen mit anderen Trainern und einem Tierarzt, so ihre Worte, hat dann zu einem schlussendlichen Urteil über Berry geführt. Berry wurde eingeschläfert.

Mir obliegt es nicht, dies zu bewerten. Auch solche hypothetischen Sätze wie: „Man hätte doch…" oder „Wäre es nicht möglich gewesen, dass…", wären von mir an dieser Stelle völlig fehl am Platz.

Ich bewahre das Andenken an ihn und weise mit dem Finger auf die Menschen, die diesen Hund zu dem gemacht haben, was er am Ende war: ein unberechenbares mutiertes und unkontrollierbares Tier sowie eine tickende Zeitbombe.

Nun noch einmal auf die schlechte Nachricht „Nummer eins" zurückzukommen…

Ich war mit meinem Herzpatienten wieder zu Hause gelandet und natürlich musste jetzt unbedingt beratschlagt werden, wie es weitergehen soll. Wir saßen auf der Terrasse vor unserem Haus und obwohl die Sonne schien, waren wir natürlich tiefbetrübt über das soeben gefällte kardiologische Urteil.

So hatte es doch für uns alle Konsequenzen, denn wir machten ausgiebige Wanderurlaube und sind auch sonst aktiv mit unserem vierbeinigen Sportsfreund unterwegs. In der Zeit unseres Grübelns – wo wir uns aber in einem einig waren: wir ziehen das, unter dem Motto „Kann kommen, was will" mit unserem Filou durch – schauten wir immer wieder fast schon wehleidig auf unseren Hund. Diesen schien unser sorgenvoller Blick aber kaum zu interessieren. Im Gegenteil, er jagte von einer Ecke des Gartens in die andere, auch schien sein linker Vorderlauf wieder wie ausgewechselt, kein Humpelbeinchen mehr zu sehen. Jetzt sprang er in seinen Wassertrog, planschte wie wild mit den Vorderläufen. Das Wasser spritzte nach allen Seiten davon, wir mussten unwillkürlich lachen. Dies schien Filou umso mehr anzuspornen, sodass die Wasserfontänen noch höher wurden. Es war ein Heidenspaß auf der kardiologischen Intensivstation unseres Gartens.

Meine Lebensgefährtin sagte nun zu mir, sie könne sich gar nicht vorstellen, dass Filou, der bisher so agil und fit zu sein schien, plötzlich eine so schwere unheilbare Herzerkrankung haben solle.

So fassten wir jetzt einen Entschluss, nämlich mit Filou die nächsten Tage erst einmal etwas kürzer zu treten. Und ich würde noch einen Termin bei einem anderen Tierarzt zur Einholung einer Zweitmeinung machen.

Ich wollte mich noch nicht mit dem Bild abfinden, in dem ich dann dreimal täglich mit Filou an der Leine und einem Infusionsschlauch an seinem kleinen Rollator eine fünfminütige Gassi- und Würstelrunde ums Grundstück laufe.

Der Untersuchungstermin bei einem anderen Tierarzt war schnell gemacht, so dass ich nach drei Tagen mit meinem Filou im nächsten Wartezimmer Platz genommen hatte. Da gerade ein Notfall eingetroffen war, Schlaganfall eines fünfzehnjährigen Spitzes, hatte ich nun genügend Zeit, mir die bunten Werbeblättchen der tiermedizinischen Pharmafirmen zu Gemüte zu führen.

Im Augenwinkel sah ich dabei noch, wie der Notfallpatient von einer Arzthelferin hereingetragen wurde und hinterdrein stampfend eine mehr als aufgelöste, fast hysterische ältere Dame auszumachen war, welche in ihrem Erscheinungsbild sehr an das einer betagten Diva erinnerte. Hätte der Not leidende Hund nicht die äußeren Erscheinungsmerkmale, wie eine spitze Schnauze, aufstehende Ohren und langes Fell gehabt, hätte ich eher einen gut genährten Mops in den Armen der flinken Tierarzthelferin vermutet. In der nächsten

Viertelstunde hatte ich nun, wie gesagt, Gelegenheit meine tiermedizinischen Kenntnisse mittels vielversprechender Werbefaltblätter aufzufrischen und war jetzt voll im Bilde über endogene und exogene Parasiten, Rund- und Spulwürmer, antiallergenes Futter für den Kleinhund sowie über das Thema „Flöhen, Zecken und Konsorten keine Chance".

Während ich noch so bei mir dachte, manchmal tut es vielleicht auch ein Löffel Schwarzkümmelöl ans Futter, kam auch schon der Aufruf der Sprechstundenhilfe im langgezogenen sächsischen Dialekt: „Wischla Filou bitte ins Sprechzimmer!". Dabei dachte ich, trotz des Ernstes der Lage, an den Spruch meiner Lebensgefährtin und die Frage, wenn unser Hund nun Ben heißen würde.

Ich war über unsere, mehr oder weniger gewählte, Namensgebung nicht unglücklich und stand nun im Sprechzimmer des Tierarztes, um mit meinem Vierbeiner den unumstößlichen Tatsachen ins Auge zu blicken. Er fragte mich nun noch einmal, worum es genau bei Filou ging. Ich legte die Karten offen auf den Tisch, berichtete von der bereits festgestellten Diagnose und bat um seine ärztliche Meinung, da er mir auf dem Gebiet empfohlen wurde. Er deutete mir an, dass ich erst einmal Platz nehmen solle. Dann ging er mit Filou und einer Arzthelferin in den angrenzenden Raum, zum Zwecke Filou noch einmal zu röntgen, um sich im wahrsten Sinne des Wortes ein klares Bild verschaffen zu können.

Nach etwa fünf Minuten standen alle drei gemeinsam wieder in der Tür. Der Arzt ließ nun auch, wie von Zauberhand, den dunklen Monitor auf seinem Schreibtisch aufleuchten. Nur Filou schien das dieses Mal wenig zu interessieren, als sein ihm mittlerweile bekanntes Innenleben auf dem Bildschirm erstrahlte.

Der Arzt hielt sich nicht lange bei der Vorrede auf und wies mit einem Stift in seiner Hand auf den Brustbereich des Hundeabbildes. Selbst für den Laien war jetzt hier eine klare Struktur zu erkennen und er meinte, er könne keinerlei Anhaltspunkte für eine Fehlbildung des Herzens feststellen. Er sagte sogar, das Herz von Filou wäre mehr als in der Norm, was bei Jagd- und Laufhunden nicht immer der Fall wäre und vermutete weiter, dass dies bei der anderen Tierärztin nur an einem verwackelten Röntgenbild gelegen haben muss – anders könne er sich diese Fehldiagnose nicht vorstellen. Er brachte trotzdem seine Verwunderung zum Ausdruck, wie darauf basierend eine so schwerwiegende Diagnose gefällt werden kann.

Die letzten Worte habe ich dann gar nicht mehr genau wahrgenommen, aber eines kann man mir glauben: ich habe noch nie so gern eine Tierarztrechnung bezahlt, wie an diesem Tag. Unser Filou war völlig gesund!

Filou vollkommen gesund und „munter"

Ein Schlüsselerlebnis aber sollte dieses Auf und Ab sowie die Zeit des Bangens um Filou dann doch mit sich gebracht haben. Gerade zu diesem Zeitpunkt las ich nämlich zum ersten Mal in der Zeitung etwas über „Besuchs- und Therapiehunde in Alters- und Pflegeheimen". Nun dachte ich mir, im Glauben an die vorab diagnostizierte Herzerkrankung meines Hundes

Filou: Ist vielleicht eine gute Idee, so hilft der Kranke den Kranken und hat dabei noch eine nützliche Aufgabe.

Das dann alles anders kam, konnte ich bei diesem Gedanken noch nicht wissen, doch eine Vorstellung war trotz Allem geboren, die da hieß: „Filou, der kleine Samariter"!

Heut` ist ein wunderschöner Tag oder Begegnungen der dritten Art

Eigentlich war Filou bei Hundebegegnungen nicht wirklich und wie schon erwähnt der „Raufbold" vor dem Herrn. Er ist ein zwar stürmischer Animator, doch dann im Spielverlauf eher ein sensibler und nahezu galanter Spielpartner. Auch hat er bei Kampeleien nie richtig ernst von seinen hundeeigenen Waffen, also seinen Zähnen, Gebrauch gemacht. Und das war in manchen Fällen auch gut so, denn so sind einige Hundebegegnungen, welche nicht immer vorhersehbar und im Ausgang kalkulierbar waren, glimpflich abgelaufen. Meist ist es ja so, dass man die sich nähernden Hundehalterinnen bzw. Hundehalter fragt, ob einem „Guten-Tag-Sagen" der Hunde ohne Leine etwas im Wege stünde. Natürlich nur dann, wenn das die Örtlichkeit hergibt und wenn man vom eigenen Gefühl her der Meinung ist, dass man das selbst will bzw. ob das für den eigenen Hund in dieser Situation zuträglich ist. Denn, wie es bei uns Menschen auch nicht Brauch ist, so muss mein Vierbeiner nicht unbedingt bei jedem Hundeaufeinandertreffen seinem Artgenossen auf das Innigste „Hallo" sagen.
Unabhängig davon meine ich, dass sehr viele verschiedene Hundekontakte für den Hund immens wichtig sind. Gemeint sind hier verschiedene Rassen, Größen, unterschiedliche Geschlechter sowie salopp und

mehr als unwissenschaftlich formuliert auch „Nicht-Geschlechter", also Kastraten. Und wenn mein Hund, so geschehen, ein Problem mit einem rüpelhaften Schäferhundrüden bekommt, suche ich danach eben gezielt Begegnungen mit Schäferhundrüden, dann aber vorzugsweise mit gemäßigteren Vertretern dieser Rasse. Es könnte sonst sein, dass man irgendwann dasteht und sagen muss: „Also mein Hund mag keine großen Schwarzen, mit den kleinen Dicken hat er auch ganz schlechte Erfahrungen gemacht und zu den Braunen mit der langen Schnauze, das geht ja gar nicht mehr!". Wie schon einmal erwähnt: es muss nicht jeder Hund jeden mögen. Aber unsere lieben Vierbeiner können eben aufgrund einer einzigen dumm gelaufenen Situation mit einem Artgenossen Ängste entwickeln, welche möglicherweise zu massiven Problemen im Nachgang führen. Deshalb sorgt man doch lieber dafür, dass sich keine falschen Bilder im Hirn unseres vierbeinigen Partners einbrennen. Das obige Beispiel „Schäferhundrüde" ist dabei, wie gesagt, von mir nicht zufällig gewählt.

Es war einer dieser besonderen Tage. Der Winter hatte sich gerade verabschiedet. Der Frühling war dabei, seine kraftvollen Fühler über die Felder und Wälder auszustrecken. Das frische Grün brach überall und mit ganzer Kraft hervor. Die Sonne, welche gerade noch die letzten Reste Schnee von der weiten Flur gesogen hatte, machte jetzt erste kraftvolle Verheißungen einer nahenden wohligeren und wärmeren Zeit.

Obwohl man als Halter eines mit der Natur so stark verwurzelten Wesens wie dem Hund lernt, jede Jahreszeit und nahezu jedes Wetter zu akzeptieren und fast zu mögen, versprechen solche Tage natürlich verstärkt Lust, gemeinsam mit seinem Vierbeiner die Welt da draußen zu erobern.

Es war also alles bereitet für einen schönen ausgedehnten und erlebnisreichen Trip, denn ich hatte heute auch viel Zeit, mit meinem sich schon sichtbar freuenden Filou über nahegelegene Felder und durch den angrenzenden Wald zu streifen.

Und erlebnis- und gleichermaßen lehrreich sollte es für uns auch an diesem Tag werden.

Jeder hat das vielleicht schon einmal erlebt, man ist in einem Hochgefühl für und der Vorfreude auf das Kommende, weil eben auch alle Voraussetzungen nur ein freudiges Erleben bzw. einen positiven Ausgang des anvisierten Vorhabens versprechen. Es kann gar nicht anders sein, weil alle Vorzeichen stimmen sowie alle äußeren und inneren Ampeln dafür auf Grün stehen.

Ich hatte diesbezüglich schon einmal ein für mich sehr einprägsames Erlebnis.

In jungen Jahren habe ich aktiv, dabei sehr ambitioniert, Fußball gespielt und das in einer regional sehr namhaften und erfolgreichen Mannschaft. In diesem

Jahr ging es um die Meisterschaft und auf eines der entscheidenden Spiele zu. Dazu war es noch ein sogenanntes Lokalderby, also ein Spiel mit besonderer regionaler Brisanz – ähnlich wie, wenn in der Bundesliga Borussia Dortmund und Schalke 04 bzw. in der ersten englischen Liga Arsenal und Chelsea London aufeinander treffen. An dem entscheidenden Tag war alles auf das Beste angerichtet. Wir spielten zwar auswärts, hatten aber die letzten zehn Spiele nicht verloren. Ein Schmuckkästchen von Stadion breitete sich vor uns aus, auch der Rasen konnte nicht englischer sein, um das mal in Sportreportermanier zu formulieren. Das Wetter, die Rahmenbedingungen... alles stimmte. Ich stand, wie immer, als sicherer Rückhalt im Tor und war mir sicher: heute machen wir die Meisterschaft klar. Der Schiedsrichter pfiff das Spiel an und der erste Angriff der gegnerischen Mannschaft rollte auf uns zu. Minute eins des Spiels und erster Schuss des Gegners, es war ein „Aufsetzer", der unter meinem Körper durchrutschte... die Höchststrafe für einen Torhüter. Es stand 0:1 gegen uns und ich, wie ein begossener Pudel und aus einem Traum zurückgeholt, vor dem netzbespannten Alugestell meines Tores. Im Anschluss verloren wir das Derby mit 1:4 und ich machte das schlechteste Spiel der Saison. Nun ist eine Niederlage kein Beinbruch, auch gehört Versagen zum Sport, sonst gäbe es nur Remis`. Auch ein Manuel Neuer oder Oliver Kahn hatten schlechte Tage. Unsere Mannschaft gewann dann trotz alledem noch glücklich die Meisterschaft. Für mich hatte sich aber folgendes fest eingraviert: wenn alle Vorzeichen nur Gutes vorhersagen und ein Scheitern scheinbar ausgeschlossen ist, dann ist höchste Wachsamkeit geboten.

Wir standen nun am Ausgangspunkt unseres heutigen so wunderbar geplanten Feldzuges in die nahegelegene, frühlingshaft strahlende Flora und Fauna. Und es sollte auch erst einmal über einen langgestreckten Feldweg gehen, der dann am Horizont in einen Wald mündet und durch diesen wieder an unseren Ausgangspunkt zurückführt. So trabten wir also los. Filou zog dabei erst einmal einen weiten Kreis über das Feld, dabei immer wieder abwechselnd erst ausgelassen in die Höhe springend und dann sich wieder schnell vergewissernd, ob der Rest des Rudels, also ich, noch mit von der Partie ist.

Er hatte einen riesigen Spaß daran, scheinbar grenzenlos über die sattgrünen Wiesen zu jagen, fast wie ein junges Fohlen, dem zum ersten Mal die Stalltür geöffnet wurde und jetzt auf einmal die große weite Welt offen stand, um diese zu erkunden. Dann entdeckte er ein Mauseloch und machte sich daran, mit den Vorderpfoten seine Wühlaktivitäten zu beginnen und damit der Maus mitzuteilen, die Jagdsaison sei wieder eröffnet. Aber nicht für meinen Filou, denke ich dabei, wie immer in dieser Situation. Denn dann setze ich mich meist in einen schnelleren Trab bzw. fange an, ein Stück des Weges zu rennen, mit der Botschaft an meinen Freund: „Maus oder Rudel!". Ich zähle das nämlich zu unerwünschtem Verhalten, denn es fördert seine Jagdleidenschaft und eine Maus ist nicht immer so gesund wie schmackhaft für unsere Vierbeiner. Nun bedeutet es nicht den Weltuntergang, wenn es doch einmal passiert. Aber ich stehe eben nicht händeklatschend am Feldrand und sporne ihn – wie oft schon bei anderen Hundehaltern beobachtet – bei derartigen Tiefbauarbeiten zum Zwecke der Nagersuche noch an. Stattdessen fliegt dann eher mal ein Stöckchen im weiten Bogen auf das Feld, ein Leckerli wird unter der Baumrinde versteckt oder Filou muss seine jagdlichen Ambitionen mit seiner Spürnase beim Tannenzapfensuchen im Wald unter Beweis stellen. Dabei gibt es eine oberste Regel, nämlich dass ich zur Jagd und auch wieder zum großen Halali, also deren Ende, blase. Ich beginne und beende sozusagen das Jagdgeschehen.

An diesem Tag wurde aber erst einmal nichts aus solchen gemeinsamen Spielchen.

Filou bei der Futtersuche unter der Baumrinde

Von Weitem sahen wir jetzt zwei Gestalten nahe unseres Weges auf dem Feld auftauchen, eine große menschliche und eine kleine hüpfende, ähnlich eines Flummis, was nur ein sehr agiler Hund sein konnte. Das freute mich, sprach doch vieles für eine neue Hundebegegnung und vielleicht ein munteres Spielchen für Filou.

Wir kamen langsam näher und da uns der etwas dickliche, aber recht junge Mann und der ins Spiel vertiefte Vierbeiner nicht wahrnahmen, machte ich etwa

zwanzig Meter vorher Halt, Filou dabei ohne Leine an meiner Seite. Um nun auf uns aufmerksam zu machen und den anderen Hund nicht plötzlich von Filou überraschen zu lassen, räusperte ich mich laut und sagte sofort hinterher: „Ist ja ´ne richtige Sportskanone ihr Kleiner!". Nun erkannte ich, der Kleine war ein Prachtexemplar von einem Staffordshire Bullterrier, bekanntermaßen eine nicht ganz unumstrittene Hunderasse. Aber da ich der Meinung bin, das Tier wird immer vom Menschen geprägt, gab es auch hier für mich keinen Grund, einer Hundebegegnung aus dem Wege zu gehen. Der junge dickliche Mann, der gerade noch mit einem Stock seinen Hund zum Zerren und Springen animiert hatte, dabei aber mehr außer Puste schien als sein kleines Muskelpaket, das jetzt erwartungsvoll vor ihm hockte, drehte sich nun um und meinte knapp: „Das kannste laut sagen!". Er hatte jetzt den Stock ein paar Meter weit ins Gras geworfen und wendete mir sein mehr als verschwitztes Gesicht zu. Ich fragte ihn, wie denn sein Hund drauf sei und ob einem kurzen „Hallo-Sagen" mit meinem Vierbeiner etwas im Wege stünde. Er sagte, dabei sich den Schweiß mit seinem Ärmel vom Gesicht wischend: „Der tut keiner Fliege was zu leide…das ist ok!".
Nun gab ich Filou ein Signal, mit einer Kopfbewegung in Richtung des anderen Hundes, er solle doch mal schauen, ob sich was machen lässt mit einer kleinen Spieleinlage. Er nahm das Angebot ohne eine

weitere Rückfrage an und schritt auf den kleineren, aber wesentlich massigeren Artgenossen zu. Alles schien ohne größere Probleme zu verlaufen. Man begrüßte sich kurz auf die typische Hundeart, indem jeder der Beiden dem anderen seinen Allerwertesten zur Geruchsprobe vor die Nase hielt. Damit war dann auch die Vorstellung abgeschlossen, denn beide schnüffelten jetzt im Gras, als wenn es den anderen gar nicht gibt. Das ist nicht ganz untypisch. Manchmal nehmen die Hunde nach der Begrüßung erst einmal wieder etwas Abstand, bevor es dann zu einem ausgelassenen Spiel kommt. Nun fragte mich das dicke „Staff-Herrchen", was denn mein Hund für eine Rasse sei, so einen hätte er noch gar nicht gesehen. Ich beantwortete seine Frage und fragte gleich zurück, ob es nicht manchmal Sprüche gegen ihn wegen seines Hundes gebe, denn als sogenannte Listenhunde stoßen sie ja nicht überall auf große Gegenliebe. In dem Moment, als ich die Frage gerade über die Lippen gebracht hatte, bemerkte ich in meinem Augenwinkel, wie der Staffordshire Bullterrier meines beleibten Gesprächspartners plötzlich zu einer Salzsäule gefror und starr in Filous Richtung schaute. Dieser schien gerade etwas im Gras gefunden zu haben. Es war der Stock, mit dem vorher noch die Flummi-Festspiele zwischen dem dicken Herrchen und seinem Bullterrier im Gang waren.

Filou fasste jetzt mit seiner Schnauze, sich wohl nichts weiter dabei „denkend", den Stock, um ihn aufzuheben. Doch er hatte ihn kaum gepackt, schon schoss der gerade kennengelernte Artgenosse auf ihn zu, sprang ihm an den Hals, verbiss sich in seinem Nackenfell und hing jetzt daran wie eine Klette. Mein kleiner Freund, davon sichtlich überrascht, machte jetzt aus seinem Instinkt heraus aber alles richtig. Er blieb einfach stehen und rührte sich nicht. So hatte sein Anhängsel jetzt wahrscheinlich auch kein gesteigertes Interesse, sich noch mehr zu verbeißen. Ich hatte diese Situation, wie in einigen Kapiteln zuvor beschrieben, ja selbst schon einmal erfahren und handelte damals aus meinem Instinkt heraus genauso wie mein Hund es jetzt tat.

Der dicke Hundehalter ging nun gelassen auf die beiden Hunde zu und pflückte seinen Liebling mit einem geübten Griff vom Hals meines Vierbeiners – wie ein Erntehelfer, welcher gerade mal so beiläufig ein reifes Pfläumchen vom Ast streift. Es folgte von ihm aber keine Konsequenz seinem kleinen Rowdy gegenüber. Dass hier sein Hund gerade in typischer Bullterriermanier einen Gegenstand (den Stock) verteidigte, schien ihm nicht klar zu sein. Und sein Sprössling tat das in diesem Fall so, wie es ihm einmal angezüchtet wurde, nämlich anderen Lebewesen – ursprünglich waren es Bären und Bullen sowie bei Hundekämpfen andere Hunde – an die Gurgel zu gehen und das auf

Leben und Tod. Noch einmal, den Hund trifft keine Schuld, ihm wurde nicht gesagt: „Das macht man nicht!". Er handelte also gemäß seiner Bestimmung. Doch kann ich als Hundehalter sagen, dass mein Hund „ok" ist, wenn hier eine Spielzeug- oder eine sichtbare und sogenannte Ressourcenaggression vorliegt? Und so geübt, wie er seinen Vierbeiner seelenruhig von Filous Hals entfernt hat, ist dies auch nicht zum ersten Mal passiert.

Wenn statt uns Zweien, also mir und Filou, hier an diesem schönen Tag eine Familie mit einem Kleinkind des Weges gekommen wäre und das Kind hätte vielleicht diesen Stock aufgehoben, wäre das mit Sicherheit wieder ein dankbarer Artikel für die schreibende Journalie gewesen. Die Schlagzeile ist klar: „Kampfhund attackiert Kleinkind!". Solche Hundehalter, wie mein nahezu teilnahmsloser Gegenüber, tragen zu den negativen Nachrichten über Hunde und zur Verunglimpfung einer bestimmten Rasse bei.

Ich bat ihn jetzt nur noch, seinen Hund anzuleinen, was ich auch mit Filou tat, dem außer einer kleinen Schramme glücklicherweise nichts weiter passiert war. So standen wir noch einen Moment, bis sich beide Hunde entsprechend beruhigt hatten, denn es sollte trotz allem entspannt aus der Situation herausgehen.

Ich stellte dem dicken „Hundefreund" zum Abschied noch eine Frage, nämlich die, ob er sich unter Umständen noch einmal überlegen würde, ob das mit dem

„OK" im Falle seines Hundes tatsächlich zutreffend sei.

Nachdem ich nun mit Filou wieder einige Meter entfernt war, sah ich beim Zurückblicken die Beiden wieder einträchtig gemeinsam Stöckchen spielen, als wenn nichts geschehen wäre. Dies bedarf keiner weiteren Interpretation.

Und ich weiß genau, wovon ich hier rede. Denn ich hatte mit meinem kleinen Kameraden Filou, als er etwa eineinhalb Jahre alt war, die gleiche Thematik zu bearbeiten. Er hatte sich damals als Welpe schon angewöhnt, kleine Stöckchen, die auf dem Weg oder im Wald herumlagen als ein attraktives Spielzeug zu betrachten. Dieses konnte man in die Luft werfen, dann danach springen und wenn das Holzstück wieder in seinen Fängen war, wurde es genüsslich geschreddert und zerlegt. Große Äste, welche sperrig und wesentlich schwerer waren, wurden gleichsam zur Kraftprobe für ihn, wenn er sie dann, bis zum Versagen seiner Kräfte, auf dem Waldweg hinter sich her schleifte.

Ich tolerierte dieses spielerische Verhalten, es sei denn, es nahm zu sehr überhand. Außerdem machte ich mit Filou entsprechende Such- und „Anti-Jagdspielchen", um ihn von dieser Versessenheit abzulenken. Spaßhaft sagten wir nach Waldspaziergängen schon: „Also unser Filou wird bestimmt später mal ein Forstarbeiter." Aber so lustig war die Sache dann doch nicht, wie sie schien. Mittlerweile begleitete mich ein Knurren seitens Filou, wenn ich mich daran machte, ein Stöckchen vom Waldboden aufzuheben, um es danach zur Suchübung in den Wald zu schleudern. Anfänglich maß ich dem keine große Bedeutung bei. Alsbald sollte ich aber in gesteigerter Form das Ansinnen meines kleinen Freundes und Wolfsablegers erfahren. Wir waren zu dritt, also meine Lebensgefährtin, ich und Filou, bei einem Sonntagsspaziergang durch den nahegelegenen Wald. Ich wollte, wie immer, ein Stöckchen für unser obligatorisches Spielprogramm aufheben. Ich hörte wieder dieses Knurren, jetzt aber eindringlicher als sonst. Bevor ich überhaupt den anvisierten Stock ergreifen konnte und ehe ich mich versah, sprang Filou plötzlich auf mich zu und schnappte nach meiner Hand, ohne aber zuzubeißen. Mit eindeutiger Gestik, nämlich hochgezogener Lefze und somit freiliegenden Zähnen, begleitet von einem jetzt noch tieferen Knurren, machte er mir hier auf seine Art unmissverständlich klar: „Der Stock gehört mir!".

Er hatte sozusagen auf Grund seiner obsessiven, also fast übersteigerten Beschäftigung mit seinen geliebten „Waldspielzeugen" beschlossen, da lass ich keinen anderen mehr ran und sie somit zu seiner eigenen Ressource erklärt.

Im Unterschied zum eben beschriebenen Staffordshire Bullterrier hat mich Filou bloß einige Male vorab auf diese einseitig gefasste Entscheidung, alle Stöcke dieser Welt gehörten nun ihm, durch sein Knurren hingewiesen. Der Staffordshire hat im Gegensatz dazu die angezüchtete Eigenschaft mitbekommen, für Überraschungsangriffe gut zu sein. Da wäre es völlig fehl am Platz, kurz vorher Andere durch sein Knurren noch zu warnen. Dann wüsste der Gegner, was los ist und sein Tun wäre voraussichtlich weniger von Erfolg gekrönt. Das ist ein Grund, warum man bei Hundehaltern solcher Rassen eine besondere Kenntnis voraussetzen sollte.

Ich jedenfalls war natürlich völlig überrascht über das noch nie gezeigte Verhalten meines Hundes, ließ augenblicklich von meinem Vorhaben, dem Aufheben des Stockes, ab und erhob mich langsam wieder. Ich hatte die Vorzeichen, wie das warnende Knurren, nicht beachtet und war jetzt Opfer meines eigenen Unvermögens geworden – was darin lag, nicht wesentlich früher auf Filous Drohverhalten adäquat reagiert zu haben.

Ich wiederholte die Aktion noch ein-, zweimal auf unserem Spaziergang, die immer mit dem gleichen Ausgang endete. Es war nun klar: hier gab es ein Problem und ich musste schleunigst handeln. Meine Strategie dagegen stand auch schnell fest und sollte gleich am nächsten Tag in die Tat umgesetzt werden. Ich suchte mir eine geeignete Stelle im Wald. Ein schöner, wie eigens für meine Übung auf dem Waldboden drapierter Stock lag bereit. Ich hatte die volle Aufmerksamkeit von Filou, als ich mich langsam nach dem Stock zu bücken begann. Wie von mir erwartet und jetzt auch erwünscht, begann er zu knurren. Ich knurrte energisch zurück. Ich wusste aber vorab, dass ihn dies nicht sonderlich beeindrucken wird, da wir ja schon Phase Zwei erreicht hatten. Aber es sollte ihm mitteilen, ich spiele auch Fairplay und warne, bevor ich angreife. Ich hatte mit meiner Hand nun fast den Stock erreicht und Filou setzte erwartungsgemäß zum maßregelnden Sprung auf mich an. In diesem Moment fuhr ich blitzschnell hoch, sprang ihm entgegen, drängte ihn dabei mit meiner ganzen körperlichen Präsenz zurück und dies ohne jegliche körperliche Berührung. Jetzt, etwa drei Meter vom Stock entfernt, standen wir uns mit einem fixierenden Blick, ähnlich wie es die Boxer vor ihrem großen Kampf im Ring tun, Auge in Auge gegenüber. Filou begann wieder zu knurren. Dieses Mal setzte ich ohne Vorwarnung einen weiteren energischen Schritt auf ihn zu, so dass er nach hinten auswich, sich dabei über die Schnauze und Lefze leckend. Wir waren jetzt auf einem guten Weg, denn das hieß erst einmal Beschwichtigung.

Sofort kehrte ich ihm den Rücken zu, um jetzt nach meinem Stöckchen zu schauen. Doch Filou gab noch nicht auf. Wieder kam er auf mich zugesprungen, als ich mich herunterbeugen wollte. Darauf vorbereitet begann das gleiche Szenario von vorn: mein sehr energisches Abdrängen, dann ein gegenseitiges Fixieren, Knurren, wieder Abdrängen, Lefze lecken und Filous Ausweichen nach hinten. Doch diesmal ließ ich auch seinen kontrollierenden Blick nach diesem Ausweichmanöver auf den am Boden liegenden Stock nicht mehr zu. Ich sprang wieder in seine Richtung und machte ihm mit unmissverständlichen Drohgeräuschen klar: das Stück Holz da auf dem Waldboden gehört allein mir. Er leckte sich wieder über die Schnauze, kehrte mir dann langsam den Rücken zu und begann nun geschäftig auf dem Waldboden zu schnuppern und dann ein paar Grashalme herauszurupfen – mich und sein Stöckchen dabei aber keines Blickes mehr würdigend.

Kraftprobe Stock

Ich ging zu meinem Stock, hob ihn auf und wir gingen weiter unseres Weges.
Von da an war das Thema „Stöckchen" ein für alle Mal geklärt.

Wir hatten nun die zwei Gestalten, also den dicken Mann mit seinem Bullterrier, längst hinter uns gelassen und genossen beide den herrlich strahlenden Frühlingstag. Auch ließ ich dieses Mal meinen Sportsfreund größere Kreise über das gut überschaubare Feld ziehen. Filou behielt mich dabei aber immer im Blick, denn auch er hat sich daran gewöhnt: wenn er zu weit in die Ferne schweift, dann bin ich auf einmal weg. Entweder verstecke ich mich dann oder laufe für ein paar Meter in die andere Richtung zurück. Wir sahen jetzt vor uns die Wegbiegung, von der es dann nicht mehr weit in den angrenzenden Wald ging, durch den wir ja dann zurück zu unserem Ausgangspunkt kommen sollten. Linkerhand etwas im Tal gelegen und in etwa dreihundert Meter Entfernung grenzte das Feld an die ersten Häuser unserer Nachbarortschaft. Die Vorhut der überschaubaren Häuseransammlung bildete dabei ein großer Bauern- und Wildgasthof, welcher besonders für seine Wildspezialitäten und rustikalen Räumlichkeiten mit familiärer Eventgastronomie bekannt war. Auch hatte hier ein Schäferhundrüde sein Zuhause, der aber im Umkreis nicht den allerbesten Ruf genoss, wohl wegen einiger unschöner Vorfälle mit anderen Hunden. Ich kannte diesen Hund bisher nicht und außerdem war mir heute auch nicht mehr danach, einer weiteren unliebsamen Begegnung mit einem ebenso unkooperativen hündischen Exemplar, wie gerade erlebt, beizuwohnen. Ich hatte diesen Gedanken gerade zu Ende gebracht, mein Vierbeiner dabei weiter unermüdlich und ausgelassen über das Feld tollend, da sah ich, wie sich von Weitem eine dunkle Gestalt rasch und zielgerichtet Filou zu nähern begann. Das dunkle Wesen nahm jetzt eine wahrhaftige und tierische Gestalt in Form eines großen Schäferhundes an. Filou bekam davon erst einmal gar nichts mit, denn er hatte wohl wieder etwas Interessantes, wenn nicht sogar ein verpöntes Mäuseloch auf dem Feld zu untersuchen, währenddessen vom Bauernhof her und jetzt auch unüberhörbar schreiend eine Frau querfeldein dem großen schwarzen Hund zu folgen schien. Mein Verdacht hatte sich erhärtet und es war klar, hier war der Schäferhund im Anmarsch, welchem nicht unbedingt der gute Ruf vorauseilte – und hinterher auch nicht, denn dort keuchte jetzt sein wahrscheinlich mehr als aufgeregtes Frauchen hinterdrein.

Ich rannte nun selbst in Richtung Filou, während ich eindringlich seinen Namen rief. Am Ton meiner Stimme erkannte er sofort, hier lag etwas in der Luft und das war nicht nur der angenehme warme Frühlingsduft, sondern Gefahr.

Er blickte sich nun nach allen Seiten um und erkannte den jetzt kurz vor ihm angekommenen Artgenossen, welcher sichtbar nur ein Ziel hatte: Jagd und Konfrontation. Hier war kein abwartendes und taxierendes Vorspiel zu erwarten, das war klar erkennbar. Bevor Filou jetzt ein paar Meter Abstand gewinnen konnte, um etwas Distanz zwischen sich und dem Angreifer zu schaffen und ich meinen Freund überhaupt erreichte, hatte der große schwarze Rüpel ihn ohne irgendeine Vorwarnung auch schon an der Kehle gepackt, um ihn sofort niederzustrecken. Er begann, sich über meinen Freund herzumachen. Da nützte es auch nicht viel, dass Filou wieder seine vor einer Stunde noch bewährte Strategie, das Nichtstun, anwendete. Den schwarzen Rowdy schien das gar nicht zu interessieren, dass sich Filou unterwarf und damit sagen wollte: „Hey Alter, ich gebe auf, du bist der Sieger!".
Ich erreichte nun die beiden und ohne groß zu überlegen, verpasste ich dem sich über meinem Hund hermachenden schwarzen Übeltäter einen energischen Tritt. Ich verstärkte meine konsequente Handlung noch dadurch, indem ich ihn anschrie und wilde Armbewegungen machte, die ihm signalisieren sollten: „Verschwinde hier, sonst wird es dir ganz übel ergehen!". Mein couragiertes Vorgehen hatte augenblicklich Erfolg. Auch die heranstürzende Frau hatte uns mittlerweile erreicht und ihren Flüchtling nun erst einmal ins Halsband gefasst, so dass dieser auch keine

weiteren Anstalten machen konnte, sein wahrscheinlich mehr als großzügig betrachtetes Revier vorerst weiter zu verteidigen.

Gleichzeitig entschuldigte sie sich bei mir, mit der Frage, ob meinem Hund etwas passiert bzw. ob er verletzt sei. Durch mein schnelles Handeln hatte ich wahrscheinlich Schlimmeres verhindern können, so dass Filou, wenn auch noch leicht benommen, dafür immerhin scheinbar körperlich unversehrt neben mir saß.

Nun ist mein Vorgehen in dieser Situation nicht als allgemeingültige Handlungsanleitung bei Hundeauseinandersetzungen zu verstehen. Selbst der noch so erfahrenste Hundeexperte dieser Welt wird sich hier mit pauschalen Empfehlungen zurückhalten, weil die Gefahr für die eigene körperliche Unversehrtheit nicht ausgeschlossen ist. Wie sollte man auch einer beispielsweise betagten achtzigjährigen Dame mit einem kleinen rebellierenden Pekinese an der ausgerollten Schnappleine vermitteln, den offensichtlich nicht freundlich gesinnten, herannahenden Rottweiler auf Distanz zu halten oder womöglich noch abzuwehren. Ich will damit sagen: es hängt sehr viel von den jeweiligen Begebenheiten und Umständen ab. Wenn man sich jedoch dazu entschließt, seinem Vierbeiner in einer solchen Situation beizustehen, dann geht das nur mit aller Konsequenz, so dass auch der Angreifer befürchten muss, dass dies kein spaßiges Unterfangen für ihn wird. Klar ist auch: Wenn man sehr vorausschauend auf die Gassirunde mit seinem gut sozialisierten Hund geht und bei eigener Unsicherheit auch mal die Straßenseite wechselt oder zur Not einen kleinen Umweg in Kauf nimmt, dann kann man das Risiko solcher Auseinandersetzungen mit Sicherheit deutlich reduzieren. Auch spreche ich hier ja nicht von der übergroßen Mehrzahl von friedlichen Hundebegegnungen.

Da ich schon an mehreren Hundegruppentreffen teilgenommen habe und regelmäßig Hundekontakte mit meinem Vierbeiner gerade im Freilauf suche, bleibt so etwas natürlich nicht aus, so dass ich schon einige brenzlige Situationen auf ähnliche Art managen musste. Das geht aber nur, wenn man von seinem Hund weiß, dass dieser auch einige Grundregeln der Hundekommunikation kennt, also sich eben zum Beispiel auch unterordnen kann. Hier habe ich großes Vertrauen in Filou und er soll sich dann im Ernstfall auch auf mich verlassen können.

Man erkennt aber leider nicht immer gleich im Voraus, ob der andere Vierbeiner das ABC vor allem in seiner Präge- und Sozialisierungsphase gelernt und verstanden, noch ob er überhaupt hinter der „Welpenschulbank" „Sitz" bzw. „Platz" gemacht hat.

Einen Spruch höre ich auf meinen Spaziergängen und bei Hundekontakten jedoch immer wieder: „Hunde regeln das schon unter sich!".

Das mag in vielen Fällen stimmen, doch erfahrungsgemäß und nachgewiesenermaßen sollte man sich nicht darauf verlassen!

Die Frau mit dem sich nun auch wieder etwas beruhigten Schäferhund stand vor mir und sagte jetzt mit immer noch etwas zittriger Stimme, dass ihr Hund einfach nicht in den Griff zu kriegen und schon mehrmals „ausgebüxt" sei. Dabei wäre es auch schon zu Beißvorfällen mit anderen Artgenossen gekommen. Sie selbst verstehe nicht viel von Hunden und wollte schon einmal zur Hundeschule gehen, ihr Mann hält jedoch nichts davon. „Genau da liegt der Hund begraben!" Mit diesen Worten verabschiedete ich mich kurz, ohne zu wissen, dass uns dieser Hund in ähnlicher Art und Weise in der nahen Zukunft wieder begegnen sollte.

Wenn man auch aus jeder Situation etwas mitnimmt, war trotz Allem für heute mein Bedarf an solcher Art Hundebegegnungen erst einmal gesättigt.

Ich ging mit Filou nun wieder auf den Weg, ihn jetzt aber immer noch an der Leine führend, so hatte ich alles besser unter Kontrolle. Denn wie sicher konnte ich sein, dass der Schäferhund sich nicht doch noch einmal animiert sieht, sich an die Fersen von Filou zu heften und sein weniger kompetentes Frauchen einfach stehen lässt? Wir waren nun auch an der Wegbiegung Richtung Wald angekommen und wieder allein auf weiter Flur. Ich ließ Filou von der Leine und als wenn nichts gewesen wäre, rannte er im gewohnten spielerischen Galopp davon, dabei wie nahezu immer darauf bedacht, die „vereinbarte" Distanz zu mir einzuhalten und mich stets im Blick zu behalten.

Auch der Wald war nun erreicht und das hieß, mit Filou auch noch ein paar gewohnte und seinerseits sehr beliebte Suchspielchen zu veranstalten.

So wollte ich ihm auch signalisieren, wenn auch der heutige Tag nicht so normal lief, dass trotzdem alles in Ordnung sei und wir uns von den geschehenen Ereignissen nicht unterkriegen lassen. Eingangs habe ich sie „Begegnungen der dritten Art" genannt. Nun hatten wir es heute nicht mit irgendwelchen grünen Marsmenschen zu tun. Doch außerirdisch wird es spätestens dann und suspekt auf alle Fälle für jeden Hundehalter, wenn sein Hund, ohne jegliche Art der Vorwarnung von einem anderen Artgenossen über den Haufen gerannt und angegriffen wird. Eigentlich der Horror für jeden Hundebesitzer, den wir nun heute gleich zweimal erleben durften.

Nun hat „Die dritte Art" unverkennbar etwas mit der Zahl „drei" zu tun und man sagt ja auch für gewöhnlich: „Aller guten Dinge sind drei!".

Was ich hier so fintenreich umschreiben zu versuche, hat etwas damit zu tun, dass uns heute an diesem immer noch wunderschönen Frühlingstag ein drittes einschneidendes Erlebnis erwarten sollte.

Ich suchte also im Wald erst einmal wieder nach einem geeigneten Stöckchen, um Filous Spürnase noch etwas in Gang zu setzen.

Dazu lasse ich ihn dann meistens auf dem Weg oder an irgendeiner Stelle im Wald auf einem zugewiesenen Platz bleiben, gehe dann ein paar Meter in den Wald hinein und werfe dann den Stock so, dass Filou nicht sehen kann, wo das Utensil seiner Jagdbegierde landet. Er kennt praktisch nur den Radius, in dem der Stock ungefähr liegen könnte. Meist schleudere ich das Stöckchen an sehr einsichtige Stellen, also nicht ins Dickicht, was seinen ganz besonderen Grund hat. Bei uns, am Rande des Erzgebirges, gibt es eine sehr große Schwarzwild- sprich Wildschweinpopulation. Diese Tiere halten sich zum Schutz gern in solch dichtbewachsenen Waldstücken auf. Da ich es generell nicht auf ein Treffen meines Vierbeiners mit einem „Schwarzkittel" anlegen möchte, versuche ich das Risiko so entsprechend zu minimieren. Diesmal war mir das Zielglück aber nicht hold. Mein Wurfgeschoss landete in einem ebenso dichtbewachsenen mit Buschwerk durchzogenen Waldstück. Ich dachte mir, ach sei es drum, und was kann denn heute noch passieren. Meine Vorsicht, welche ich sonst walten ließ und auf Grund von mir bekannten Vorfällen nicht unbegründet war, sollte sich aber in diesem Fall für mehr als gerechtfertigt herausstellen.

Ich rief nun zu Filou, der immer noch an der zugewiesenen Stelle auf dem Waldweg, in etwa zwanzig Metern Entfernung, schon gespannt in seinen Startlöchern saß: „Und such den Stock!".

Wie ein Sprinter, der nur auf den Startschuss gewartet hat, raste er nun los, dabei erst einmal einen großen Kreis im lichteren Unterholz ziehend. Mit seiner Nase scannte er nun akribisch den Waldboden, um keine Geruchspartikel des von mir berührten und damit für ihn identifizierbaren Gegenstandes zu übersehen, besser gesagt zu überriechen.

Nun kam er auch an die dichter bewachsene Baumgruppe, schnupperte intensiv in das Innere und kroch zwischen die Zweige. Im gleichen Augenblick, als Filou zwischen den Bäumen verschwand, wurde es plötzlich ganz ruhig: kein Rascheln, kein Schnaufgeräusch, was Filou bei intensivem Suchen immer von sich gibt...nichts zu hören. Ich rief Filou mit dem Kommando „Hier". Keine Reaktion.

Ich musste natürlich schauen, was hier los war und ging zielstrebig in Richtung dieser Gruppe von Bäumen und Sträuchern. Ich bewegte ein paar Zweige zur Seite und ein Schreck sollte mir gleichsam durch die Glieder fahren.

Da stand auf der einen Seite, wie angewurzelt und völlig starr mein Vierbeiner und ihm gegenüber in etwa fünf Metern Entfernung ein riesiges Wildschwein, seines Zeichens ein stattlicher Keiler. Die

Bruchteile dieser Sekunden, denen ich der Situation beiwohnte, erinnerten an eine typische Westernszene, unter dem Motto: „Wer zieht zuerst seinen Revolver?". Ohne groß nachzudenken, ging ich zwei Schritte auf Filou zu, machte den Karabinerhaken der Leine an seinem Halsband fest, zog ihn ruhig nach hinten weg, dabei das große Wildtier immer im Augenwinkel behaltend. Dieser Vorgang verlief in aller Ruhe. Auch als ich wieder mit meinem kleinen Jäger vor dem Baumgestrüpp stand, hörte ich nur ein sachtes Rascheln im Unterholz, welches sich langsam entfernte.
Was war denn hier gerade geschehen? Ich atmete jetzt erst einmal tief durch. Das war definitiv für uns die dritte Situation der Dritten Art am heutigen Tag!
Von nun an ging es ohne weitere Spielchen und auf direktem Weg nach Hause.
Unser „wunderschöner Tag" sollte heute nur noch davon gekrönt werden, als ich zu Hause an Filou bemerkte, dass die Schäferhundattacke doch nicht ganz ohne Blessuren geblieben war. Filou hatte sich dabei einen zwei Zentimeter langen, klaffenden Riss im Fell zugezogen. So blieb uns heute noch eins, nämlich die in der Nähe praktizierende Tierärztin zu konsultieren, welche dann auch sofort zur Tat schritt. Filou wurde zweimal kurz getackert. Er steckte das, ohne groß mit der Wimper zu zucken, weg.
Es gab an diesem Abend für Filou nur noch eine Aufgabe, die ihm nicht allzu schwer fallen und darin lie-

gen sollte, sein unangefochtenes Lieblingsgericht zu verdrücken: Hühnersuppe mit Nudeln.
Das hatte er sich nach diesem erlebnis- und erfahrungsreichen Tag mehr als verdient.

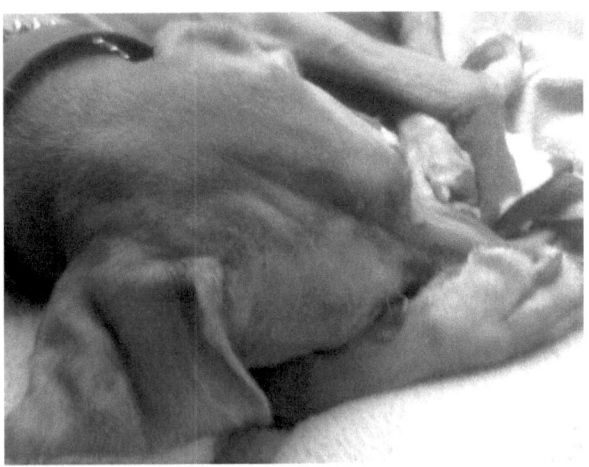

Für heute „K.O."!

Jäger und Detektiv - Eine Spürnase auf vier Pfoten

Was macht eigentlich ein Jäger? Keine Frage,... der jagt. Welches Tier hat er sich dafür zu Nutze gemacht, um ihn dabei zu unterstützen? Na klar, den Hund!
Nun kann man von der Jagd und von den Jägern halten, was man will. Einige verurteilen sie, reißen Jagdstände im Wald um, bezeichnen die Männer und Frauen im grünen Rock als Mörder und hätten es womöglich sogar gern, wenn der Inhalt einer Jägersalami bzw. eines Jägerschnitzels auch tatsächlich deren namensgebenden Bezeichnung entsprechen würde. Nun geht es mir hier nicht darum, mich weder für die eine noch für die andere Seite in die Bresche zu schlagen. Doch ein so gearteter Biosandalenträger, welcher gerade wieder im Wald einen Hochsitz zu Fall gebracht hat und dann in seinem Straßenviertel Äpfel für die jeden Abend einziehenden Wildschweine auslegt, ist mir auch nicht ganz geheuer.
Wenn ich jedoch bei uns durch die Wälder streife, bin ich bisher auf sehr verantwortungsbewusste Jägersleute gestoßen, welche auch gern mal fundamentierte Auskunft über ihr Tun geben.
Zumeist werden sie dann auch begleitet, wie schon angeklungen, von einem Vierbeiner. Nun wird man einen Jäger nicht unbedingt mit einem kleinen Yorkshire Terrier oder einer übergroßen deutschen Dogge im Wald antreffen. Meist sind es dann eher

Dackel, Bracken, Schweißhunde, Weimaraner, Deutsch-Rauhhaar, um nur einige gebräuchliche Rassen zu nennen. Sie alle haben eins gemein: sie besitzen eine genetische Veranlagung entweder, um das Wild zu finden, anzuzeigen oder zu stellen. Genau diese Veranlagung sowie die ureigenste Wesensart des Hundes, welche er ja von seinem Stammvater, dem Wolf, weiterhin in sich trägt, machen aber oft auch das Thema Jagen zu einem Problem. Im Gegensatz zum Jäger will der normale Hundehalter ja nicht unbedingt die Fuchsfähe vor sich abgelegt oder eine Rotte Wildschweine auf sich zugetrieben bekommen. Gerade auf Grund seiner ursprünglichen Bestimmung, nämlich als Raubtier, neigen ja die meisten Hunde zum Jagen. Wenn dann noch ein gesteigerter Spieltrieb hinzukommt, kann das eine spannende Aufgabe für den Hundehalter werden.

Und genau diese „Spielernatur" ist wissenschaftlich erwiesen und den Rüden, also den männlichen Hunden, noch mehr zu eigen als den Hündinnen. Das muss sich wohl Filou auch von Anfang an gesagt haben:

„Na wenn das einmal so ist, dann soll es so sein!",

so musste man ihn, um einen alten Spruch zu bemühen, schon immer nicht unbedingt zum Jagen tragen.

Sobald ein Reh, ein Eichhörnchen, ein Hase, ein Fuchs oder eine Katze die Flucht ergriff, „Jägermeister" Filou war zur Stelle und nahm die Verfolgung auf. Es sei denn, eine wehrhafte Katze hat auf einmal den Spieß umgedreht und stellte sich dem eigentlich so furchtlosen Angreifer entgegen.

Die wehrhafte Katze

Auch hatte er bisher nicht sonderlich viel Spaß am Ende der wilden Hatz, da der Rest seines Rudels dann meist verschwunden war und keine Lust auf eine anschließende Party mit ihm hatte. Das soll heißen: wenn Filou auf irgendwelche Eskapaden aus war, dann hab ich mich zumeist in die Büsche geschlagen, was für ihn die Höchststrafe bedeutete: Herr Filou kommt aus der Schlacht und keiner erwartet ihn. Im Gegenteil, der Rest des Rudels schert sich gar nicht drum und geht seines Weges.

So gestalten sich seine Ausflüge, wenn er sie überhaupt unternimmt, immer sehr kurz.

Auch hat er bisher noch nicht die kleinste Trophäe, nicht das kleinste Mäuschen angeschleppt, worauf ich auch besonders achte, denn Erfolg macht hungrig auf mehr und die Gründe sind ja bereits genannt. Nun weiß ich aber auch, dass es bei manchen Rassen, wie zum Beispiel bei Dackeln, Bracken, Beagles ungleich schwieriger sein kann, diese von einer Wildspur abzuhalten. Sie können dann auch mal stundenlang im Wald für sich ihre Freude haben, selbst wenn Herrchen oder Frauchen noch so aufgeregt und verzweifelt am Waldrand „Hier", „Nein", „Pfui" oder sonst etwas rufen, das interessiert sie wenig. Das macht den Vierbeinern nichts aus, sie tun ja eigentlich nur das, wofür sie einmal gezüchtet wurden: das Verfolgen und Auffinden des Wildes, um es dann lautstark zu melden.

Einer älteren Dame habe ich schon einmal spaßigerweise den Tipp gegeben, sich doch fürs Erste ein Stück Eierschecke und einen Kaffee im Biergarten der Waldgaststätte zu bestellen. Ihr Dackel war von hier aus vor einer halben Stunde in den angrenzenden Wald ausgerückt und sie wollte sich nun rufend ins Unterholz aufmachen, um ihn zu suchen. Das spornt den Hund meistens noch an, meinte ich und er wisse genau wo sie sei, doch sie weiß nicht, wo er ist.

Sie setzte sich auf eine Waldbank und der Hund saß nach zehn Minuten wieder hechelnd vor ihr.

Ich will damit sagen: man muss sich schon bewusst sein, dass man sich mit einem Vierbeiner auch ein Stück Natur ins Haus holt und gerade das Thema Jagen bzw. das Entgegenwirken eine besondere Herausforderung ist.

Hier mit „Bambi" auf du und du

Dies dient dem Schutz des eigenen Hundes, dem der Waldtiere und nicht zuletzt der Vorbeugung von Streitigkeiten mit den Nachbarn, welche vielleicht Besitzer einer nicht so wehrhaften Katze sind.

Selbst unter Hundetrainern gibt es aber hier verschiedene Meinungen, wie diesem Urimpuls beizukommen ist. Die Einen raten ganz von Jagdspielen ab, um diesen Trieb nicht noch zu verstärken und Andere empfehlen einen strikten Leinengang. Es ist wie schon gesagt rasse- und charakterabhängig. Auch spielt die Bindung zu seinem Menschen dabei eine besondere Rolle.

Bei einer Hundebegegnung fragte mich neulich eine Frau, als sie einen Ball auf die Wiese warf, um ihren Vierbeiner und gleichfalls Filou zu animieren, diesen zu holen: „Ihr Hund spielt wohl gar nicht gern?". Sie fragte das, weil Filou weiterhin an meiner Seite stand, während ihr Hund dem Ball hinterherhastete. Ich sagte nun, ohne die Frage zu beantworten, als sie den Ball wieder in den Händen hielt: „Können Sie den Ball noch einmal werfen?". Die Frau warf den Ball wieder im weiten Bogen auf die Wiese. Zu Filou sagte ich kurz: „Und hol den Ball!". Nun war er nicht mehr zu halten und hatte ihn auch gleich noch vor dem anderen Hund unter seine Fittiche gebracht. Damit war auch die Frage der Frau beantwortet. Meine Strategie ist das kontrollierte Jagdspiel, bei dem ich konsequent den Anfang und das Ende bestimme. Wenn wir ausgelassen auf der Wiese hinter unserem Haus spielen, sind diese Regeln natürlich auch mal außer Kraft gesetzt.

Ich würde jetzt aber nicht hergehen und sagen, das Thema ist für immer und zu einhundert Prozent erledigt. Nein, denn bei Filou handelt es sich um einen mehr als spielerisch veranlagten Jagdhund, seines Zeichens ein Rüde und dazu ist er ein Tier, welches immer geneigt ist, aus seinen ureigensten Instinkten heraus zu agieren. Schon deshalb muss ich hier am Ball bleiben. Doch es klappt auch immer besser.
Neulich bei einem Waldspaziergang haben wir gemeinsam ein äsendes Reh in der Nähe beobachtet, Filou dabei ohne Leine, was früher so undenkbar gewesen wäre. Ein paar Meter weiter standen dann plötzlich fünf Wildschweine, wie aus dem Nichts gekommen, etwa zwanzig Meter vor uns auf dem Weg. Filou schaute mich nur gelassen an, mit einem Blick, der zu sagen schien: „Wenn die uns in Ruhe lassen, dann tun wir denen auch nichts!". Und er muss mir etwas Sorge angesehen haben. Wir meisterten zwar damals die Begegnung mit dem Keiler bravourös, doch hatte ich gerade in letzter Zeit von mehreren ernsthaften Attacken von Wildschweinen auf Hunde gehört – und das nicht nur vom Hörensagen, sondern von Bekannten und Freunden. Einmal ist der Berner Sennenhund eines Bekannten wohl einem Frischling zu nahe gekommen, so dass die Bache daraufhin dem zwar größeren Hund die Meinung sagen wollte. Hier gab es ein Unentschieden mit leichten Bissverletzungen auf beiden Seiten. Bei Freunden von uns, welche

mit ihrem „Münsterländer" auf Tour waren, ging das nicht so glimpflich ab. Hier kam der Hund namens „Cliff" beim Stöbern in ein Dickicht am Wegesrand. Dort geriet er in eine Rotte Wildschweine, von denen er sofort attackiert wurde, mit dem Ergebnis eines aufgerissenen Schulterblattes. In einer sofort stattgefundenen Notoperation konnte er dann gerade noch gerettet werden.

Es gibt keinen einhundertprozentigen Schutz, auch hilft keine Panikmache, doch kann man ein klein wenig einwirken, wenn man seinen Vierbeiner unter Kontrolle hat und den jagdlichen Ambitionen etwas entgegensetzt.

Zugegebenermaßen, selbst als Mensch kann ich ja unsere Vierbeiner verstehen. So sind Wildschweine für mich zwar nicht im geruchlichen aber dafür im geschmacklichen Sinne, als Gulasch mit Klößen und Rotkohl, eine leckere Delikatesse.

Apropos Wildschweingulasch: eine kurze Geschichte, welche damit in Verbindung steht, bin ich ja noch schuldig.

Vor einiger Zeit rief mich meine Mutter, in den Augen von Filou also die „Markknochen-Oma", freudig an und sagte, sie hätte nun eine hervorragende Lokalität für die Feier anlässlich ihres runden siebzigsten Geburtstages gefunden.

Sie sagte weiter, es wäre der Wildgasthof in unserer Nähe und sprach gleichzeitig die Einladung an uns aus. Auch sollten wir auf keinen Fall ohne Filou kommen, es gäbe auch eine Überraschung für ihn. Dreimal darf jetzt geraten werden, welche Überraschung das sein konnte! Nun hatte ich immer noch das Erlebnis mit dem dort auch ansässigen und „herrschenden" Schäferhund vor Augen, welches gerade ein paar Wochen vergangen war. Da ich aber von anderen Hundebesitzern wusste, dass sie dort auch schon mit ihrem Hund bei Feiern zu Gast waren und es zu keinen Zwischenfällen kam, sah ich der bevorstehenden Geburtstagsfete mit Freude und Gelassenheit entgegen. Auch musste ich meiner Mutter versprechen, ihr ein Ständchen zur Gitarre, wofür ich ja nicht nur in der Familie bekannt bin, vorzutragen. Eigentlich hätte sie diesen Wunsch gar nicht aussprechen müssen. Wenn mich die eigene Mama darum bittet, ist das selbstverständlich nicht nur eine Ehrensache, sondern eine Herzensangelegenheit.

Am Tag der Feier fuhren wir nun auf dem innen liegenden Parkplatz des Wildgasthofes vor. Noch bevor ich Filou aus dem Auto auslud, versicherte mir dann auch der Chef des Wildrestaurants persönlich, dass sein Hund bei stattfindenden Feiern auf dem Hof immer weggeschlossen wird. Wohl deshalb kam es dort auch noch zu keinen größeren Vorfällen, dachte ich so bei mir.

Der Nachmittag nahm jetzt so langsam seinen vorhersehbaren Lauf, mit sich aus Wiedersehensfreude umarmenden Menschen – denn einige hatten sich lange nicht gesehen – Smalltalk über Wetter, Fußball und Politik. Die Kinder spielten vergnügt, dann erste Tränen über ein aufgeschürftes Knie und das Loch in der neuen Strumpfhose.

Filou ließ derweil, anfangs noch genüsslich, zunehmend aber etwas genervt, trotzdem aber stoisch gelassen bleibend, eine Armada liebkosend tätschelnder Hände über sich ergehen.

Langsam kehrte etwas Ruhe ein, die ersten Kindertränen waren getrocknet, das aktuelle Wetter hatte sich als unumstößliche Tatsache manifestiert, die negativen Fußballergebnisse des Heimatvereins konnten nicht schöngeredet werden und der Grundstein für nachfolgende politische Diskussionen war gelegt.

Alle hatten nun an der langen Kaffeetafel Platz genommen. Filou hatte ich jetzt etwas abseits und an einem Holzbalken in der Ecke angeleint, während er es sich dort auf seiner ausgebreiteten Decke erst einmal gemütlich machte. Diese Art von Aufmerksamkeit war für ihn anstrengender, als zwei Stunden durch den Wald zu jagen, soviel stand fest.

Die Überraschung aus der Handtasche meiner Mutter sollte gar nicht lange auf sich warten lassen. Besser konnte das heute doch gar nicht laufen für den tierischen VIP-Gast.

Ich postierte mich nun in der Wirtsstube zwischen Kaffeetafel und Ausschank, welcher über eine geöffnete Tür in weitere Räume des Gasthofes und den Keller führte.

Meine Gitarre griffbereit neben mir in einem Ständer postiert, begann ich jetzt, an alle Gäste gewandt, mit einer kleinen Laudatio für meine Mutter.
Meine herzlichen Worte sollten jetzt noch mit einem musikalischen Ständchen abgerundet werden. Beim Herunterbücken zu meiner Gitarre sah ich jetzt jedoch in meinem Augenwinkel eine große schwarze Gestalt aus dem Gang hinter dem Ausschank hervortreten. Ich drehte mich um und blickte in die weit aufgerissenen Augen des uns nicht unbekannten Schäferhundes.
Dieser hatte aber nur ein Ziel vor Augen. Es war Filou. Dieser lag friedvoll, aber immer noch akribisch mit dem „Überraschungs-Markknochen" beschäftigt, auf dem Boden in der Ecke und bekam anfangs gar nicht mit, was in den nächsten Sekunden hier wieder seinen Lauf nehmen sollte. Der Schwarze hatte nämlich jetzt den Feind, also unseren Filou, in seinem Territorium entdeckt. Er ging sofort zur Tat über, indem er auf unseren immer noch in die sprichwörtliche „Knochenarbeit" vertieften Vierbeiner auf seiner Decke, mit bedrohlich aufgerichtetem Fell und gebleckten Zähnen zuspringen wollte. Das jetzt allgemein wahrgenommene Geschehen wurde begleitet von aufschreienden Kindern, einer am Boden zer-

schellenden vollen Kakaotasse und einigen kreischenden Erwachsenen.
Gedankenschnell reagierte ich, indem ich ihm den Weg in Filous Richtung abschnitt und verpasste ihm, wie neulich auf dem Feld, wieder einen kräftigen Stoß in die Rippen. Ohne einen weiteren Schritt nach vorn, mit einem Jaulen und eingezogenem Schwanz verschwand der Schäferhund augenblicklich in die Richtung, aus der er gekommen war. Auch hier gab es keine andere Möglichkeit meines Handelns. Es blieb nur die eine spontane hundeunmissverständliche Antwort auf sein aggressives Territorialverhalten, um meinen in diesem Fall angeleinten Filou zu schützen.
Mittlerweile stand jetzt auch der sichtlich nach Worten ringende und verwirrte Wirt in der Tür und meinte, wir sollten das auf alle Fälle entschuldigen. Seine Frau hätte im Unwissen die Kellertür geöffnet, hinter der der Hund eingesperrt war. So hätte der „alte Schlawiner" hier herein gelangen können.
Wir baten ihn, dafür zu sorgen, dass das an diesem Tag mit seinem „Schlawiner" bitte nicht wieder vorkommt, da wir unter anderem nicht nur einen Hund, sondern auch Kleinkinder mit dabei hätten.
Er sicherte das zu und der Tag sollte auch trotz allem noch schön verlaufen.
So kam nach dieser ungewollten Showeinlage mein Geburtstagsständchen gerade recht, um nicht nur meiner Mutter ein paar Tränen der Rührung in die Augen

zu zaubern, sondern um auch die Gemüter wieder zu beruhigen.

Den Kindern erklärte ich danach, dass das Verhalten des Hundes vor allem bei einem Schäferhund, also einem sogenannten Schutzhund, normal sei – jedenfalls solange sein Herrchen oder Frauchen nichts Angemessenes dagegen unternehmen würden. Der Schäferhund hat hier sein Revier gegen andere Hunde verteidigt. Seine menschlichen „Eltern" haben ihm aber nicht gesagt, dass dieses Haus eigentlich ihnen gehört und sie entscheiden würden, welche Hunde herein dürfen und welche nicht. Außerdem haben sie ihm nicht mitgeteilt, dass er sich darüber keine weiteren Sorgen machen braucht und auch für seinen Schutz gesorgt sei.

Aber nun zum Thema Jagen zurück. Gerade hierfür braucht der Hund ja sein wichtigstes „Werkzeug", seine Nase. Der Ruf seiner Spürnase eilt ihm natürlich weit voraus. Nicht umsonst ist der Hund schon in der frühen Menschheitsgeschichte zum verlässlichen Jagdbegleiter des Menschen geworden. Heute hilft er nicht nur als Jagdhelfer, sondern auch als Drogenspürhund, als Rettungshund nach Umweltkatastrophen oder beim Mantrailing, also bei der Suche nach vermissten Menschen. Oft wird ihm wegen dieser Fähigkeiten schon ein siebenter Sinn nachgesagt.

Auch Filou sollte uns, als Vertreter seiner Rasse, dies eindrucksvoll unter Beweis stellen.

Wir wohnten mittlerweile seit etwa drei Jahren in unserem Haus, um unser Grundstück herum befand sich ein Zaun, also der Zaun, welchem wir eigentlich und überhaupt die Anwesenheit unseres Vierbeiners Filou verdanken. Vor diesem Zaun war eine immergrüne Hecke angepflanzt.

Nun hatte es sich in den letzten Wochen herumgesprochen, dass es vermehrt zu Einbrüchen in der Gegend gekommen sei, auch die Zeitung informierte und warnte darüber entsprechend.

Unser Filou war darauf geeicht, dass wenn von uns jemand auf die Terrasse geht, er an der Türschwelle zu warten hat, bis er aufgefordert wird zu folgen oder eben im Haus zu bleiben.

Es war ein schöner Septemberabend im letzten Jahr. Die Sonne war gerade am Untergehen. Ich öffnete die Terrassentür, um noch einmal etwas von dieser spätsommerlichen lauen Abendluft zu schnappen. Kaum hatte ich die Tür geöffnet, hörte ich hinter mir ein leises und mehr als außergewöhnliches Knurren von Filou, welcher gerade noch auf seiner Decke liegend, jetzt aber auf einmal hinter mir stand. Die Tür war halb geöffnet. Mein Hund schaute jetzt abwechselnd in meine Augen, dann in Richtung eines Bereiches unseres durch die Hecke verdeckten Zaunes zum Nachbargrundstück und auf die für ihn markierte

Grenze, die Türschwelle. Dieses Verhalten hatte ich bis dahin noch nicht bei ihm festgestellt. War es ein Fuchs, ein anderes Tier, was seine Aufmerksamkeit erregte? Ich deutete ihm an, dass er im Haus bleiben soll. In diesem Moment rannte er auch schon an mir vorbei ins Freie auf den anvisierten Punkt hinter dem Zaun zu. Von dort sprang auf einmal, wie aus dem Nichts heraus, eine menschliche Gestalt hervor, welche sich bis dahin wohl dahinter versteckt hielt. Wie es sich herausstellte, war es ein junger Mann, welcher mit Sicherheit nichts Gutes im Schilde führte. Aufgeschreckt hinter unserer Hecke sprang er nun auch aus unserem Nachbargrundstück auf die Straße zurück und wir hörten ein Auto mit quietschenden Reifen davonpreschen.

Ein anderes Mal, es war vielleicht zwei Monate später, gingen wir über den Hinterausgang unseres Grundstückes durch den Garten meines Nachbarn auf die Straße zur morgendlichen Gassirunde. Diese Vereinbarung haben wir getroffen, weil wir schneller die andere unbewohntere Seite unseres Gebietes mit dem Hund erreichen können und außerdem beim Nachbarn, der seltener da ist, nach dem Rechten schauen können. Beim Herausgehen aus dem Grundstück des Nachbarn merkte ich an diesem Morgen, dass Filou sich merkwürdig verhielt. An der Leine versuchte er mich mehrmals in Richtung dessen Haus, um das wir gerade herumgelaufen waren, zurückzuziehen. Ich maß dem keine Bedeutung bei. Sicher der Fuchs, welcher bei uns regelmäßig durch die Gärten streicht, dachte ich bei mir. Wir gingen dann wie gewöhnlich unsere Gassirunde.

Diese geht durch ein weniger bewohntes Gebiet, umrahmt von ein paar verlassenen alten Hausruinen, ungepflegten Grünflächen und einem kleinen Wäldchen, wo auch ein Rudel Rehe heimisch ist. Ab und zu begegnet man hier auch anderen Hundehaltern, wie am heutigen Morgen, als ich seit langem meinen alten Freund Gerd wieder getroffen habe. Dieser, früher Geschäftsführer einer Automobilzulieferfirma mit über vierhundert Angestellten, ist nun mittlerweile im Rentenalter. Unsere Hunde, er hat eine ältere Rauhhaardackeldame, haben weder ein sehr inniges noch ein ablehnendes Verhältnis. Man sagt „Hallo" zueinander und respektiert sich eben. Für mich ist gerade an diesem Beispiel bemerkenswert, welch netten und interessanten Begegnungen sich aus den Hundespaziergängen ergeben können. Man lernt dabei Menschen kennen, mit denen man sich dann durchaus auch etwas zu sagen hat. Und da geht es nicht nur um den Stuhlgang des Hundes und das Wetter. Zu dieser Gattung Mensch gehört auch Gerd. Unser Gespräch dauerte heute aber nur kurz, da bei mir zu Hause das Frühstück wartete und wir danach einen Ausflug geplant hatten.

Filou hatte auch alle Geschäftigkeiten erledigt, so dass es zurück Richtung Haus gehen sollte. Mein Vierbeiner trabte immer noch glücklich, da von der Leine befreit, in einer Entfernung von zwanzig Metern voraus. Wir kamen nun langsam wieder auf das Grundstück meines Nachbarn, um dann hinter dem Haus entlang wieder auf das unsrige zu gelangen. Wir mussten nur noch einen kleinen Wall passieren. Doch was war jetzt? Filou war auf einmal verschwunden. Ich ging durch den Garten meines Nachbarn, schaute durch das offene Tor hinein in unseren Garten. Kein Hund ward zu sehen. Ich rief seinen Namen. Als Antwort erhielt ich ein Bellen von Filou zurück aus Richtung der Vorderseite des Hauses meines Nachbarn, woran uns unser Weg eigentlich sonst nicht vorbeiführt. Ich lief also um das Haus herum und was sah ich? Filou saß sozusagen, mitten in der guten Stube unseres Nachbarn und sein Blick in meine Augen schien zu sagen: „Das wollte ich dir eigentlich schon vorhin zeigen, aber du wolltest mich ja nicht verstehen!".

Auf dem Teppich lagen wild durcheinander lose Papier- und Aktensammlungen, herausgerissene Schubladen und vielerlei andere Utensilien. Darunter blinkten im Terrassentür-Bereich unzählige Bruchteile kleiner Glassplitter. Jetzt erkannte ich erst das ganze Malheur: hier hatte ein Einbruch stattgefunden. So blieb mir nur eins, da mein Nachbar gerade abwesend

177

war, die Polizei zu informieren, welche dann auch zügig kam und sofort mit der Spurensicherung begann.

Auch Filou sollte ein anerkennendes Lob für seinen kriminalistischen Spürsinn von den uniformierten Männern erhalten, was er wieder einmal mit einem freudig wedelnden Schwanz quittierte.

Unser Filou, der kleine Sherlock Holmes, eine große Spürnase auf vier Pfoten!

Filou vor dem Jagdschloss Granitz auf der Insel Rügen

Freund und Helfer oder der kleine Samariter

Vermutlich werden sich so manche Leserin und mancher Leser der ersten Kapitel gesagt haben, was der Filou da im Pflegeheim macht, das kann mein Hund oder der Hund meines Nachbarn sicher auch. Dieser Auffassung würde ich durchaus zustimmen, gebe aber trotzdem zu bedenken, dass dies von einigen Faktoren abhängig ist. Der Hund generell ist ja, wie schon gesagt und allgemein bekannt, ein hochsoziales Wesen. Das beweisen auch neueste Forschungen an frei lebenden Wölfen, den Vorfahren unserer Hunde. Früher wurden immer Studien von in Gefangenschaft lebenden Wölfen herangezogen. Auf Grund der besonderen Situation, in der sich die Tiere hier befanden und ihrem gezeigten Verhalten, kam man zu der Meinung, dass sie gleichsam wie ihr Nachfahre der Hund nahezu ausschließlich mit der Ausfechtung der Rangfolge und mit Dominanzstreben beschäftigt seien. Nicht umsonst spricht man immer noch in den Geschäftsetagen und der Politik vom sogenannten „Wolfsgesetz", in dem es darum geht, wer am meisten die Ellenbogen ausfahren kann. Damit werden wir aber weder dem Wolf noch dem Hund gerecht. Heute weiß man, dass das Verhalten im Rudel bzw. im Familienverband unserer Vierbeiner und seinen Vorfahren viel sozialer und komplexer ist.

Unsere Hunde haben sich darüber hinaus im Laufe der vielen Jahrtausende, die sie schon an der Seite der Menschen leben, mehr und mehr auf uns Zweibeiner eingelassen. Das aber nicht zum Nulltarif, denn wir gaben ihnen dafür Logis mit vorgesetztem Fressen, Sicherheit und das Versprechen einer sozialen Partnerschaft. Im Gegenzug boten sie uns ihre Hilfe bei der Jagd und ihre Dienste als hellhörige Wachposten an.

Heute müssen wir uns nicht mehr jeden Tag mit Pfeil und Bogen auf den Weg machen, um das Abendessen abzusichern. Auch leben wir in relativer Sicherheit und sprechen deshalb viel mehr vom Sozialpartner Hund mit all seinen diesbezüglichen, besonderen Fähigkeiten.

So hat er zum Beispiel in den vielen Jahrtausenden gelernt, die menschliche Gestik zu deuten, was ihn maßgeblich vom Wolf unterscheidet. Hinzu kommt natürlich sein Gespür für unser augenblickliches Befinden und sein Bemühen, für Ausgleich und Harmonie zu sorgen. Man sagt nicht umsonst: „Die Hunde wollen dem Menschen gefallen!". Genau diese Eigenschaften befähigen nahezu jeden Hund, Menschen zu helfen bzw. auch zu unterhalten, wie im Falle von Filou. Doch allein diese grundlegenden Fähigkeiten machen aus unserem Vierbeiner noch keinen Therapie- oder Besuchshund, denn eine wichtige Komponente fehlt noch: der Mensch. Und welche wichtige

Rolle und gleichsam Verantwortung er hat, lässt sich zum Beispiel mit der Geschichte der American Staffordshire Terrier verbinden. Auf der einen Seite sind dies sehr kinderliebe, fast sanftmütige und überaus „fürsorgliche" Hunde, also ideal beispielsweise für Sozial- und Rettungsaufgaben. Auf der anderen Seite ist dieser Hund in den falschen Händen eine regelrechte Waffe, eben auf Grund seiner angeborenen bedingungslosen Loyalität zusätzlich gepaart mit seiner großen Beiß- und Kampfkraft.

Der Mensch allein fällt die Entscheidung und gibt die Richtung vor. Der gleiche Hund kann zwei verschiedene Laufbahnen einschlagen. Es liegt nur an uns, an unserem Wollen, unserem Wissen und unserem Tun.

Selbst ein ängstlicher und überforderter Hundehalter wird, trotz all seinen besten Absichten, irgendwann von seinem Hund „zur Rede gestellt" – sinngemäß mit den Worten: „Also wenn du nicht in der Lage bist, die Dinge hier souverän zu klären und dem Zusammenleben mit mir einen verbindlichen Rahmen setzen kannst, dann werde ich jetzt das Zepter übernehmen.". Da Hunde aber bekanntermaßen wenig Worte verlieren, gehen sie meist sofort zum Handeln über. In ihrer Unkenntnis unserer bürgerlichen Werteordnung sind die Handlungen dann nicht immer mit unserem ursprünglichen Verständnis eines harmonischen Zusammenlebens einvernehmlich zu verbinden.

Kurz gesagt: der Mensch entscheidet, wie sich die Beziehung zu seinem eigenen Hund und dessen Verhalten zur Außenwelt gestaltet.

Hier spreche ich von keiner großen Wissenschaft und es dürfen auch Fehler gemacht werden. Ein Hund verzeiht viel mehr, als man denkt. Eines sollte bei der Suche nach dem richtigen Weg jedoch immer an oberster Stelle stehen: die Achtung und der Respekt vor einem Lebewesen, dem Hund.

Er bringt uns von Natur aus viel Vertrauen entgegen, wenn man dies nutzt und fördert, hat man in ihm den besten Freund auf der Welt oder vielleicht sogar noch mehr – einen kleinen Helfer und Samariter.

Nachdem Filou damals eine so schwere Krankheit attestiert wurde und ich zum gleichen Zeitpunkt von den Besuchs- und Therapiehunden im Pflegeheim las, sah ich darin eine gute Chance, meinem schwerkrank geglaubten Vierbeiner dennoch eine verantwortungsvolle Aufgabe zuteilwerden zu lassen. Es kam ja glücklicherweise alles anders. Trotz allem haben wir uns daran gemacht, weil die Idee nun einmal in meinem Kopf verankert war und Filou, der „Menschenflüsterer", mit seinen immer wieder gezeigten tierisch empathischen Fähigkeiten für diese Tätigkeit wie gemacht schien.

Seit mehreren Jahren wohnen wir nun in unserem gemeinsamen Haus. Dieses besteht aus zwei Etagen.

Von Anfang an haben wir festgelegt, dass für Filou das obere Stockwerk einschließlich der nach oben führenden Treppe tabu ist, was von ihm stets akzeptiert und eingehalten wurde. Einmal hatte ich mir so eine starke fiebrige Erkältung zugezogen, dass ich mich nachmittags ins Bett legen musste. Unser Schlafzimmer befindet sich in der oberen Etage. Bei geöffneter Tür, um trotzdem bei wichtigen dienstlichen Anrufen reagieren zu können, schlief ich jedoch sofort fest ein. Als ich nach zwei Stunden tiefen Schlafs wieder erwachte, traute ich meinen Augen kaum. Neben mir und halb mit dem Kopf auf meiner Decke über meinem Bauch lag da Filou fest an mich geschmiegt. Obwohl er mehrere Tabus gebrochen hatte – die Treppe, das erste Stockwerk und ohne vorherige Aufforderung aufs Bett zu springen – konnte ich ihm hier böse sein?

Wie sollte ich, war es doch seine Art, mir seine Anteilnahme und sein Mitgefühl auszudrücken.

Auch im Umgang mit dem Vater meiner Lebensgefährtin zeigte er große Sensibilität. Karl-Heinz, so hieß mein „Schwiegervater", litt seit vielen Jahren an chronischer Borreliose, in einer sehr schweren Ausprägung und oft mit diffusen Symptomen. Seit ich damit konfrontiert wurde, hat auch die Thematik „Zecken", welche Überträger dieser unheilbaren Erkrankung sind, einen anderen Stellenwert bei mir eingenommen, als noch vor einiger Zeit. Karl-Heinz ist daran auch vor ein paar Jahren gestorben. Das war für die Familie eine schwere Zeit.

Obwohl er mit Sicherheit nie ein großer Hundefreund war, begannen sich Karl-Heinz und Filou damals gemeinsam zu arrangieren. Unser Hund spürte bei jedem Zusammentreffen deutlich, welche Verletzlichkeit und schwache Energie von dem kranken Mann ausging. So las er ihm fast jeden Wunsch bzw. Satz von den Lippen ab. So sagte Karl-Heinz zum Beispiel zu Filou oft die Worte: „Noch nicht" oder „Jetzt machen wir das nicht", um unseren Vierbeiner von dem abzuhalten, was er gerade tun wollte. Auch kamen solche Kommandos, wie statt „Sitz": „Setz dich mal hin" oder statt „Platz": „Leg dich mal hier her". Als wenn Filou jede einzelne Silbe verstehen würde, obwohl er keinen dieser Befehle je von uns gehört hatte, reagierte er nahezu augenblicklich auf die Worte des alten Mannes, was diesen wiederum auch sichtlich glücklich zu machen schien.

Ich glaube, Karl-Heinz hatte auf seine letzten Tage in unserem Hund noch unerwartet einen tierischen Freund im Geiste gefunden.

Hin und wieder kommt es auch vor, dass ich auf Dienstreise für einige Tage unterwegs bin. Um Filou dann nicht den ganzen Tag sich selbst zu überlassen, nimmt ihn dann meine Lebensgefährtin auch schon mal mit ins Büro. Sie ist Leiterin einer Kanzlei mit etwa dreißig vorwiegend angestellten Frauen.

Natürlich gibt es da nicht immer nur gleiche Meinungen und Befindlichkeiten unter den meist jungen Damen. Außerdem geht es hinter den Bürotischen um meist sehr rationale Fakten wie Abgabenordnung, Bilanzen, degressive und lineare Abschreibungen, Annuitäten, Bruttoerlöse, Erlasse und Verordnungen, Eventualverbindlichkeiten, Liquidität, Verlustvorträge und vieles mehr. Es mag für den Laien alles sehr nüchtern klingen, wie für mich auch, aber auch Filous Bedarf an Streicheleinheiten scheint auf nicht nachvollziehbare Weise nach solcher Art von Bürobesuchen erst einmal gedeckt zu sein. Nun sind es jedoch nicht die nackten Fakten und nüchternen Zahlen in den Bürocomputern, die ihn dann zu Hause auf Distanz gehen lassen, sondern die vielen streichelnden Hände, die ihm dort wohlwollend den Bauch, den Kopf oder den Rücken massieren. Manch entrüstete und aufbrausende Bürokraft, welche wegen unstimmiger Zahlen auf ihrem Bildschirm bzw. auf Grund eines Ärgers mit der Schickse vom Nachbarschreibtisch mit hochrotem Kopf an Filous Büro-Ruheplatz vorbeistürmt, bekommt auf einmal wieder weiche Knie bei seinem Anblick. So kommt sie nicht daran vorbei, umzukehren und unserem Filou erst einmal den selbstverständlich rein zufällig nach oben gereckten Bauch zu streicheln. Manch großer oder kleiner Ärger hat sich dann auch schnell in Luft aufgelöst, dank unseres kleinen Charmeurs und Frauenverstehers auf vier Pfoten.

Einmal hatte ich Filou bei einem auswärtigen Termin dabei, welcher sich dann aber ziemlich in die Länge zog. Es war ein schöner Sommerabend und es begann schon leicht zu dunkeln. Bevor wir wieder auf die Autobahn fuhren, dachte ich mir, sollten wir noch einen kleinen abendlichen Spaziergang im idyllisch vor uns gelegenen Waldstück machen. Ich lud also Hund Filou aus dem Auto und wir liefen ziellos in der frischen, wohltuenden Abendluft zwischen den Bäumen unseres Weges. Dabei ließ ich noch einmal das Gespräch, bei welchem ich gerade gewesen war, durch meinen Kopf gehen, aber dabei nicht bemerkend, dass wir immer tiefer in den Wald gekommen waren und die Sonne langsam hinter den Baumwipfeln verschwand. Plötzlich standen wir auf einer kleinen Waldlichtung und kein Weg war mehr in Sicht. Die Abenddämmerung breitete sich immer weiter aus. Ich suchte nach mir bekannten Stellen und schien mich dabei noch mehr vom eigentlichen Ausgangspunkt zu entfernen. Filou spürte offenbar meine Unsicherheit und ging auf eine lichte Stelle im Wald zu. Er sah mich an, mit einem Blick, der zu sagen schien: „Vertraue und folge mir, ich kenne den Weg.". Mir blieb nichts anderes übrig, ich ging ihm hinterher. Alle paar Meter schaute er sich um, kontrollierend ob ich ihm auch folge. Jeder Baum glich dem anderen.

Nichts kam mir bekannt vor. Filou aber trieb mich voran. Man konnte schon langsam die eigenen Füße im Schatten der Dunkelheit nicht mehr erkennen und als wenn sie es bewusst taten, versperrten Bäume und Büsche immer wieder den Weg und die Sicht. Doch da war ja noch mein Retter mit seiner Spürnase, denn plötzlich und wie aus dem Nichts verließen wir jetzt das Unterholz auf ein festeres Gelände und standen wieder auf dem Hauptweg – welcher uns direkt zu dem kleinen Wald-Parkplatz führen sollte, wo unser Auto stand.

Filou der „Navigator"

In einem Abenteuerroman würde man an dieser Stelle lesen: „Wir waren dem fast unabwendbaren Schicksal und den Unbilden der Natur entkommen. Mein Vierbeiner hatte uns vor dem sicheren Tod in der rauen Wildnis bewahrt.".

Ich war aber wirklich stolz auf meinen Filou und gab ihm das durch eine ausgiebige und besondere Streicheleinheit zu verstehen. Mit geschwellter Brust und freudig schwingendem Hinterteil gab er seine Freude über sein neu entdecktes Talent als Navigator nach unserem kleinen aber ungewollten, doch allemal spannenden abendlichen Ausflug ausgiebig zum Besten.

Die geschilderten Handlungen, Begegnungen und weitere ungenannte kleinere Episoden ließen uns zu der Meinung gelangen, dass wir mit Filou einen Hund haben, der das Potential besitzt, ein selbstloser Helfer, also ein kleiner Samariter und darüber hinaus freundlicher Animator zu sein.

Wir meldeten uns also zu einem Gespräch und einer Vorstellung in der örtlichen Besuchshundegruppe an. Einem Eignungstest sollte danach nichts mehr im Wege stehen. Hier musste sich Filou ein paar Tage später beweisen.

Den inszenierten Parcours mit ihn plötzlich bedrängenden Menschen, laut scheppernden hinter ihm fallenden Gegenständen, einer neben ihm stürzenden Person, dem laut lallenden Rollatorfahrer und dem

unverhofft vor ihm aufschnappenden Regenschirm meisterte er souverän. Beim Regenschirmtest nur schien sein Blick mir zu sagen: „Was soll das jetzt, keine Wolke am Himmel, die Sonne lacht und hier wird auf schlechtes Wetter gemacht?".
Filou hatte die Aufnahmeprüfung bravourös geschafft. Die Vorbereitungen für unseren ersten Besuch bei den „Alten" im Pflegeheim konnten nun anlaufen.

Der ugandische Bauer im ZOOMARKT und will mein Hund wirklich Ringelsöckchen

Ich möchte es gleich vorwegnehmen und muss damit all jene enttäuschen, welche sich schon einen afrikanischen Bauern mitten in einem Tiersupermarkt vorgestellt haben. Es hätte nämlich ebenso die sibirische Babuschka, der mongolische Nomadenhirte, der Bergbauer aus Andalusien oder der Ziegenhirte von Kreta heißen können. Dieser Bauer existiert eigentlich nur in meiner Vorstellung. Doch wenn es so wäre, was würde er denken, wenn man ihn plötzlich von seinem Feld eben in jenen Tiersupermarkt, wie auch immer der heißen mag, setzen würde? Er steht mit Sicherheit erst einmal mit offenem Mund und weit geöffneten Augen vor den Regalen, gefüllt mit Trocken- und Nassfutter für Welpen, Adulte und Senioren in den Geschmacksrichtungen von Kaninchen über Strauß bis Känguru und „Shampoos für den tierischen Draufgänger mit dem besonderen frischen Duft" von Lavendel bis Pfirsich. Da gibt es auch den höhenverstellbaren Futternapf und das ultimative Lederschlafsofa für den kleinen Racker, Gummiknochen, Bällchen, Jäckchen mit aufgesetzten Pelzrändchen, es gibt Tröpfchen, Pülverchen, tausend verschiedene Leinen und Halsbändchen, Windelchen und vieles mehr. Das hätte sich unser Bauer nie und nimmer vorstellen können und ihm wird jetzt auf einmal ganz schwindlig. Er

muss sich setzen. Die große Hundetransportbox aus Aluminium mit dem Plastikschildchen „PLUTO XXL Sonderangebot 199 Euro" kommt da gerade recht, um sich niederzulassen und um etwas nach Fassung ringen zu können, stand er doch gerade noch in seinem Stall mit frischem Ziegenduft, wo hingegen hier für ihn etwas Undefinierbares und Unbekanntes in der Luft liegt. Den Gummigeruch kannte er aber von den Autos, welche ab und zu an seinem Ort vorbeifuhren.
Nun erspähte auch eine Mitarbeiterin des Marktes – welche gerade noch dabei war, das neue Zahnpflegereinigungsset für Hunde aus der Werbung ins Regal einzufüllen – unseren unübersehbar und sehr exotisch wie hilflos wirkenden afrikanischen Bauern, welcher immer noch auf PLUTO XXL sitzend nach Luft rang. Gut vorbereitet wollte sie sich nun der befremdlich wirkenden Person mit der obligatorischen Frage nähern, ob sie denn helfen könne. Doch kurz bevor sie ihr Ziel erreichte, stellte sich ihr eine junge Dame, unter dem Arm ein Täschchen, darin ein kläffendes Chihuahua-ähnliches Hündchen, in den Weg – in einem selbstbewussten, fast schnippischen Unterton fragend, ob es denn die Ringelsöckchen der Marke DogLine in der Größe S und der Farbe Pink noch gäbe.
An dieser Stelle möchte ich mich aus der, zugegebenermaßen konstruierten, Szenerie ausblenden. Eines sei aber trotzdem und die Geschichte zu Ende führend

gesagt: der Bauer war, ehe er sich versah, wohlbehalten, aber noch etwas benommen, in seinem ugandischen Dorf wieder angekommen.

Die Ringelsöckchen waren jedoch mittlerweile vergriffen. Davon wurden leider nur zwei Paar, also „acht Stück", so die ZOOMARKT-Verkäuferin, geliefert.

Die darauf folgende Empörung der jungen Dame, mit der Äußerung, man schreibe das immer nur auf die Werbeflyer, um Kunden in den Markt zu locken und wenn man es kaufen will, wäre es dann gar nicht da, konnte ich allerdings ein klein wenig verstehen.

Was kann man aus dieser kurzen Episode mitnehmen? Ein bekannter Hundetrainer, der auch schon im Fernsehen zu sehen war und einige Fachbücher zum Thema Hund veröffentlicht hat, erzählte mir einmal von seinen Reisen durch Afrika und Asien und welchen Stellenwert dort Tiere, insbesondere Hunde, haben. Dabei geht es also nicht um die heiligen Kühe, Affen oder Ratten aus Indien, sondern um die normalen Nutztiere, wozu, wenn er Glück hat, auch der Hund gehört. Dort lebt man mit unserem liebsten Vierbeiner ähnlich wie zu den Anfängen der ersten Partnerschaften zwischen dem Wolfsnachfahre und dem Mensch, also wie zu Zeiten, als die Geschichte unseres Haushundes begann.

Tiersupermärkte, Erziehungsratgeber und Hundefachliteratur sind den Menschen in diesen Regionen relativ fremd. Der Umgang mit dem Hund ist hier eher intuitiv und direkt, aber trotz allem sehr respektvoll.

Bei den Ureinwohnern in Afrika zum Beispiel können sie sich völlig frei bewegen, dürfen (außer die eigenen Hühner) auch jagen, am besten die Ratten und anderes Ungeziefer im Dorf, müssen sich aber bei ihrem Tun immer den Regeln der Dorfgemeinschaft unterordnen. Für einige Futterrationen bieten die Hunde dafür außerdem bereitwillig ihre Wachdienste an. Liegeplätze der Menschen sind für sie aber tabu. Also kurz gesagt: alles, was nicht verboten ist, ist erlaubt. Manch einer unserer Vierbeiner könnte sich vielleicht vorstellen, auch einmal kurzzeitig auf alles, was der Hundesupermarkt um die Ecke so bietet, zu verzichten, um hier mal geschlagene zwei Wochen Urlaub machen zu dürfen.

Und ich glaube selbst Filou, von der Rasse her zwar ungarischer Abstammung, würde sich mit Sicherheit einen ugandischen Vorfahren ausdenken, wenn dieser als Nachweis Bedingung wäre, um hier mal ausgiebig und ausgelassen Ferien zu machen.

Nun können wir mit Bestimmtheit das Leben in einem afrikanischen Savannendorf nicht mit dem in der westlichen Welt und schon überhaupt nicht mit dem in einer Großstadt vergleichen. Es ist im Allgemeinen hier gar nicht möglich, unseren Hunden solch ein freizügiges Leben zu bieten.

Der Unterschied zwischen beiden Welten zeigt uns einiges auf und wir könnten verstehen lernen, wo der Hund herkommt und was er eigentlich will und braucht.

Es ist verständlich, dass uns die Gesellschaft, in der wir leben und welche nun einmal auf Kommerz basiert, in Form von großen Handelsketten suggerieren will, dass auch das noch so irrwitzigste Hundespielzeug gut für die Intelligenz unseres Vierbeiners sei. Außerdem wird in manchen Hunderatgebern vermittelt, mit dem Kommando „Sitz" oder „Platz" und ihm zur rechten Zeit ein Leckerli zugesteckt, dann wäre der Hund erzogen. Man darf dabei nicht vergessen, dass der Hund nach wie vor dem Wolf näher steht als uns Menschen. Er geht mit uns nach wie vor eine Kooperation ein, die ihm nützt. Man wäre vielleicht enttäuscht und würde es gar nicht glauben, wie schnell der eigene Hund, heute in der Wildnis ausgesetzt, zu seinen ursprünglichen Lebenserhaltungsinstinkten zurückfinden würde.

Vor einiger Zeit sah ich eine Sendung im Fernsehen, wo es um die Erziehung von Kindern ging. Ein Studiogast war unter anderem Günther Jauch, ein ja sehr bekannter Talk- und Showmaster in Deutschland. Ein Thema war auch die Mitbestimmung in der eigenen Familie und die Demokratiefähigkeit insbesondere von Kleinkindern. Eine sehr optimistische Sozialpädagogin meinte, man müsse sich zu jedem Zeitpunkt argumentativ mit den Wünschen und Vorstellungen der Kinder auseinandersetzen. Darauf sagte Herr Jauch, wenn er mit seinem vierjährigen Kind durch den Supermarkt läuft und dort an der Eistruhe vorbeikommt, hätte er keine Lust, jedes Mal eine Podiumsdiskussion einzuberufen, um seinem Kind zum zehnten Mal zu erklären, warum er heute diesem Wunsch nicht nachkommt. Es gibt eben heute kein Eis, Punkt.

Wäre nicht auch für Hundehalter die Vorstellung schön, wenn man sich abends gemeinsam mit seinem Vierbeiner bei einer Tasse Tee an den Tisch setzen kann, um noch einmal über die Dinge zu sprechen, die gut und nicht so gut gelaufen sind an diesem Tag?
Und ist es nicht auch so, dass manche Herrchen oder Frauchen noch anfangen, mit menschlichen Worten ihrem Hund erklären zu versuchen, warum er das halbe Leberwurstbrötchen am Wegesrand, was der kleine Wuschel schon halb im Maul hat, nicht fressen darf. Oder dass der gerade attackierte Radfahrer doch gar nichts Böses vorhatte und bestimmt ein ganz netter Mensch sei. Auch gibt es, um noch einmal das Thema Eistruhe aufzugreifen, bestimmt hier auch manche Eltern, die sagen: „Heute gibt es kein Eis, dafür bekommst du aber an der Kasse eine Tüte Gummibärchen" oder entsprechend der Hundehalter: „Leg mal das Brötchen dort fein wieder hin, Mutti hat dafür hier noch ein Stück Wurst für dich einstecken". Nichts

gegen ein Leckerli zur rechten Zeit und zur Motivation.

Filou der Kinderfreund

Aber man darf auch einmal eine Entscheidung treffen, ohne sich zu erklären oder jemand bestechen zu müssen. Dabei kann mein Vierbeiner ruhig spüren, dass ich authentisch sein und gewissermaßen einmal zum Tier werden kann. Das stärkt nicht nur die eigene Position und letztendlich trägt man ja auch die Verantwortung, ob nun für ein Kleinkind oder einen

Hund, denn Eltern haften für ihre Kinder und der Hundehalter für seinen Hund.
Nicht umsonst sprechen wir gleichsam von Schutzbefohlenen, für die wir allein und umfänglich verantwortlich sind.

Wenn es auch wahrlich einige Parallelen bei der Erziehung von Kindern und der Führung von Hunden gibt, sollten wir unsere Hunde nicht zu kleinen Menschenkindern machen. Wer das nicht bedenkt, kann auf große Missverständnisse bei seinem Vierbeiner stoßen.
Ich lernte neulich eine Frau kennen, ihre beiden Kinder waren mittlerweile ausgezogen, und ihr Mann, mit dem sie nun 35 Jahre lang verheiratet war, hatte mit Heimwerkertätigkeiten in der Garage am Haus seine Erfüllung gefunden. Und sie, sie hat ja ihren kleinen „lieben" Hund, den aufgeweckten Jack-Russel-Terrier „Oskar". Oskar sitzt meist schon auf der Couch vor dem Fernseher, bevor Frauchen, dann aber selbstverständlich mit einem Schälchen Leckerlis, dazukommt. Nun gesellt sich auch der Mann, gerade aus der Garage gekommen, dazu und will sich neben seine Frau auf die Couch zum gemeinsamen Fernsehschauen setzen. Doch er hatte ja ganz vergessen und da war es auch schon wieder: das unüberhörbare Knurren. „Ossi sei lieb", sagt Frauchen, ihn dabei flüchtig tätschelnd und über den Kopf des Hundes streichelnd, weiter

unverwandt in den Fernseher starrend. Das Sofa, so wusste der Mann, war für ihn heute wieder tabu. Die Kratzer unter seinem Auge zeugten noch von dem Massaker, als er „Klein-Ossi" im Bett seiner Frau übersehen hatte und ihr einmal ein Gute-Nacht-Küsschen geben wollte.

Der Mann ging jetzt zum Kühlschrank, öffnete ein Bier und trabte zurück in seine Garage. Die Vorabendsendung war vorbei und nun sollte es noch das Hauptfresserchen für Oskar geben. Die Frau stellte jetzt den vollen Napf vor die Nase des hungrigen Vierbeiners. Dies musste aber, wie immer, zügig geschehen – denn wenn die Schüssel einmal am Boden steht, gehört sie ihm. Wenn sie jetzt nicht schnell genug die Hand wegnimmt, kann es schon mal passieren, dass auch sie als „Mami" eine Schramme davon trägt. Heute gibt es Hühnchen, was wohl auch die Noch-Mitbewohnerin, ein Kätzchen namens Mia, mitbekommen hat. Selbstbewusst schreitet sie auf Oskar und dessen gefüllten Napf zu. Ein leichtes Knurren ist zu vernehmen und ein durchdringendes Fauchen auf der anderen Seite die Antwort. Darauf folgte ein warnender unmissverständlicher Hieb mit ihrer Pfote in Richtung des eigentlichen Futteranwärters. Die heutige Herrschaft über das Abendbrot war aber damit besiegelt. Ossi verschwand mit eingezogenem Schwanz zu Frauchen in die Küche, welche zu

ihm meint: „Hat's denn geschmeckt mein Kleiner? Du warst aber schnell fertig heute!".
Dass der Hund der Katze wenig entgegenzusetzen hatte, wusste ich von den Erzählungen der Frau, so war der letzte Teil der kurzen Geschichte frei nachempfunden.
Und bei dem Gespräch mit der Frau ging es ja eigentlich auch um die Probleme mit ihrem Hund Oskar. Doch was soll hier die Botschaft sein?

Wenn auch unrechtmäßig, hat doch hier die Katze klar gemacht: „Ich möchte das Futter und wenn ich das will, dann setze ich das auch durch.". In der tierischen Sprache hat sie Oskar mitgeteilt: erst warne ich dich energisch, dein Knurren habe ich längst durchschaut… hau einfach ab du Aufschneider.
Zur Frau sagte ich nur: „Seien Sie eine Katze!"
Ganz so einfach ist das natürlich nicht, aber es sollte die zukünftige Strategie gegenüber Oskar sein. Und das ist schwer genug, wenn man bis dahin seinen kleinen Vierbeiner als letztes Kind, in diesem Falle eben nur mit Fell, betrachtet hat.
Manchmal kommen wir eben nicht daran vorbei, bei der Erziehung unseres Sprösslings auch die begrifflichen Worte „Zähmen eines kleinen Wildfanges" in den Mund zu nehmen. Das hat nichts mit Gewalt zu tun, sondern mit Vertrauen und tier- bzw. hundeverständlichen Interaktionen und Handlungen.

Doch zum Fall „Oskar" später noch einmal mehr.

Ich hörte einmal den Ausspruch: „Der beste Hund ist wie ein gutes Reitpferd!". Dieser gefällt mir, auch der diesbezügliche und damit zwar nur mittelbar in Verbindung stehende Satz des sogenannten Pferdeflüsterers Monty Roberts: „Viele führen ihr Pferd zu neunzig Prozent physisch und zu zehn Prozent psychisch. Wenn sie es anders herum tun würden, bekommen sie das beste Pferd auf der Welt!".
Und mit psychisch ist wieder auf unsere Hunde bezogen, hier nicht immer das für manche schon fast heilige sowie ultimative Belohnungsleckerli gemeint. Man schaue einfach mal, wie Hunde miteinander agieren, ob im Spiel oder bei „Streitgesprächen". Wenn zwei Rüden auf eine flotte Hündin aus sind, sagt der Eine auch nicht zum Anderen: „Du bekommst heute die Hälfte aus meiner Schüssel, wenn du mir hier die schicke Hundebraut überlässt.". Nein, dann kann es eben auch einmal zur Sache gehen.
Inwieweit man das dann zulässt, liegt an jedem selbst. Will ich einen „prügelnden" Hund oder nicht?
Wenn nicht, spricht jedenfalls auch mal nichts gegen eine körperliche Intervention. Diese muss nur klar, unmissverständlich, zeitnah und möglichst nach dem Prinzip der Angemessenheit erfolgen. Eine der besonderen Eigenschaften unserer Hunde ist, dass sie von

der Sache her nicht nachtragend und eigentlich „Erfinder" dieser direkten Sprache sind.

Oft sagt man, die Menschen und ihre Hunde würden sich im Laufe des Zusammenlebens angleichen. Rein optisch könnte ich das nur in einigen Fällen bestätigen, aber von charakterlicher Seite her ist an diesem Phänomen, ja nicht nur wissenschaftlich erwiesen, einiges Wahres dran. Also darf man schon einmal getrost ein dickes Problem, welches man mit sich selbst seit vielen Jahren herumträgt, bereithalten, bevor man sich einen Hund anschafft, um es dann seinem Schützling ebenso mit auf den Weg zu geben. Besonders gern genommen sind hier Ängste und Phobien.

So wird der dicke Couch-Potato sich mit seinem Boxermischling spätestens nach zehn Jahren auf ein gleiches Level verständigt haben. Sie gehen jetzt seit Jahren dreimal am Tag die immer gleiche Runde ums Haus (die der Mann jedoch ohne Hund nie gegangen wäre!) und das vermutlich von Anfang an immer in die gleiche Richtung. Und der Vierbeiner, welcher bis dahin nur einmal im Jahr, nämlich beim Tierarztbesuch, das Straßenviertel verlassen durfte, sitzt danach zusammen mit ihm und einer gemeinsamen Tüte Chips vor der Glotze. Man hat sich ebenso eingerichtet.

Eine solche Partnerschaft kann, wenn man weiß, was der Hund braucht, aber auch als Chance begriffen werden. Und da gibt es ja wirklich die vielen positiven Beispiele, dass Menschen durch ihren neuen Freund auf vier Pfoten aktiver, kontaktfreudiger und selbstbewusster geworden sind. Manche haben ganz neue Themen für sich entdeckt, wie die gemeinnützige Hilfe zusammen mit ihrem Hund.

Aus meiner Tätigkeit im Pflegeheim kenne ich Personen, welche vor Jahren selbst nie gedacht hätten, dass sie im Team mit ihrem Vierbeiner einmal eine große Unterstützung für schwerstgradig behinderte und kaum noch lebensfähige Menschen sein werden. Obwohl diese Menschen sich fast nicht mehr der Außenwelt mitteilen können, macht sie die Anwesenheit und Berührung des Vierbeiners sichtlich entspannter. Nicht selten ist in den Gesichtern ein friedvolles Lächeln und auch mal ein Tränchen zu sehen. Mit Achtung ziehe ich vor dieser Art der menschlichen und tierischen Hilfstätigkeit meinen Hut.

Ich wurde einmal persönlich angesprochen, wie ich die Thematik sehen würde, welche die Sozialisierung von Strafgefangenen mit einem Hund betrifft. Ganz grundsätzlich, so war meine artikulierte Meinung, fördert der Hund Verantwortung, Strukturen im Tagesablauf, Emotionalität und soziale Bindung. Was sollte dagegen sprechen, wenn dieses Angebot als individuelle Chance von dem oder der jeweiligen Strafgefangenen begriffen wird und es sich bei dem

Probanden nicht unbedingt um „Jack the Ripper" handelt?

Der Hund kann für den Menschen in vielerlei Hinsicht eine wahre Bereicherung sein. Und wie es im Leben nun einmal ist, nicht die anfänglich große Liebe entscheidet über das Gelingen einer harmonischen Partnerschaft, sondern vielmehr das klare hinterfragende Denken im Voraus: „Kann ich das, will ich das und bin ich in der Lage, über einen langen Zeitraum diese Verantwortung zu übernehmen?". Der Lohn dafür ist einem gewiss.

Und wie schon einmal gesagt: Hundeerziehung ist keine große Wissenschaft, auch gibt es hier keinen vorgezeichneten Masterplan. Trotz allem sollte man einiges über die Spezies „Canis Lupus Familiaris", dem Haushund, wissen.

Wir werden bei diesem Experiment nie alles richtig machen, doch der Hund merkt sehr genau, ob wir es ernst meinen. Und das wichtigste Motto ist: „Jeder gemachte Fehler bietet mit besserem Wissen die Chance, es beim nächsten Mal anders zu machen!"

Theoretisch bräuchten wir jetzt nur noch ein Halsband und eine Leine.

Das war's, mehr ist es nicht!

Ein namhafter Wissenschaftler hat einmal gesagt: „Wir kommen alle als leeres weißes Blatt auf die

Welt". Ich schließe mich dem an und glaube, unsere Hunde auch.

Wenn wir diese Weisheit verstehen und annehmen, dann scheint alles offen und es liegt an uns. Machen wir was draus!

Abends am Meer - Abschied

Der Fall Oskar

Ich betrat nun das Haus von Frau E., dem Frauchen von Oskar, von dem ich ja schon im letzten Kapitel berichtete. Sie hatte von mir als Hundetrainer gehört und mich eingeladen. Ich sollte ihr in Sachen ihres Hundes weiterhelfen.

Nach unserer Begrüßung, welche von Seiten des anwesenden Vierbeiners sehr stürmisch und wenig respektvoll ausfiel, doch dazu später mehr, nahmen wir an ihrem Wohnzimmertisch Platz. Den angebotenen Kaffee nahm ich gern an und Frau E. begann erst einmal zu berichten.

Nach ihren Erläuterungen ist Oskar in einer Familie mit zwei Kleinkindern groß geworden. Von dort brachte man ihn wegen mehrerer Beißvorfälle ins Tierheim. In der Folge wurde er zweimal vermittelt, aber wegen wiederholten Beißens immer wieder zurückgebracht.

Mit diesem Wissen übernahm nun auch Frau E. den ja trotzdem „süßen" Ossi, natürlich in der Hoffnung, bei ihr würde das nicht passieren und mit viel Liebe wäre das schon hinzukriegen.

Es zeigte sich aber bald, dass Oskar auch hier ein kleiner „Tyrann" zu werden drohte, was sich äußerte in einem ständigen Hinterherlaufen in der Wohnung, ersten Beißattacken gegen den Ehemann sowie im aufgeregten bis hin zu stürmisch, teils aggressivem

Verhalten bei Haustürklingeln und dann auch gegenüber den Besuchern.

So wusste sie sich oft nicht anders zu behelfen, als teilweise sehr hart gegen den Hund vorzugehen, zum Beispiel mit Anschreien sowie Drohgebärden mit einer zusammengerollten Zeitung, deren bloßer Anblick schon seit dem ersten Tag seines Einzuges ins Haus bei ihm für einen eingezogenen Schwanz sorgte. Letztendlich blieb es dann fast immer dabei, den Hund in diesen Situationen wegzusperren.

Das wollte sie aber nicht, denn der Hund sollte ja eigentlich ein kleiner „Partner" sein, auch hätte sie schon zwei Hundetrainer kontaktiert, was bis auf ein gut funktionierendes „Sitz" mit einem Leckerli allerdings nicht viel gebracht habe. So die Ausgangslage!

Hier sollte also jetzt mein Part beginnen.

Erst einmal wies ich nun Frau E. auf mein Verhalten hin, welches ich seit dem Eintritt ins Haus bewusst an den Tag legte – denn ich hatte den Hund bis dahin weder angeschaut noch ein einziges Wort mit ihm gesprochen und erste Anspringversuche einfach ignoriert, sein Anschnuppern jedoch geduldet. Und das sollte auch mein Ansatz sein, nämlich die Art der hündischen Kommunikation, denn Hunde schauen sich bei einer friedlichen Begrüßung nicht in die Augen, berühren sich nicht, sondern sie schnuppern und lassen sich beschnuppern.

Es handelt sich hier erst einmal um eine wichtige Grundlage: Respekt!
Sie „wunderte" sich nun auch, wie neutral sich der Hund heute doch dem Gast, also mir gegenüber, verhielt.

Ich erklärte ihr, so mein Empfinden, dass ihr kleiner Oskar sich im Laufe der Zeit eine Strategie angeeignet hat, welche auf Grund seiner Geschichte gegen alles Fremde, wahrscheinlich bedrohende – wie neckende Kinder und „Zeitungsangreifer" – gepaart mit Verlustängsten durch häufige Weitervermittlung, gerichtet ist.
So wird es notwendig sein, ihrem kleinen Freund klar zu machen, dass er erstens nicht alles zu kontrollieren hat, noch zweitens alles kontrollieren darf, nämlich, weil sie die Verantwortungsträgerin ist und sie dies in der nun einmal menschlich dominierten Welt übernehmen muss, unter der Maßgabe: „Ich, dein Frauchen, biete dir ab jetzt den Schutz und fordere von dir gleichermaßen den Respekt und das Vertrauen mir und anderen gegenüber".

Während des Gespräches wuselte Klein-Oskar durch das gesamte Wohnzimmer und versuchte immer wieder, auf Frauchens Schoß zu gelangen.

Mit ihrem Einverständnis und der Bitte um Gelassenheit, egal, was passieren würde, ging ich jetzt folgendermaßen vor.

Ich bat sie um eine Decke, welche ich dann vor dem Sofa ausbreitete, worauf der Hund genug Platz haben würde. Dann bewegte ich den Hund mit der Leine auf die Decke.

Diese wollte er sofort wieder verlassen, worauf ich ihn mit bloßer physischer Präsenz den Weg von der Decke versperrte. Egal, in welche Richtung er von der Decke wollte, ich ließ ihn nur durch das einfache Versperren des Weges aus dieser Situation nicht heraus, was er anfangs mit leichtem Drohfixieren, dann mit Bellen und Fiepen sowie mit herzerweichendem Blick zu seinem Frauchen quittierte. Dieses ignorierte ich, wie notgedrungen auch Frau E., und bestand einfach nur darauf, dass er in dieser Situation bleibt. Nach ca. sechs bis sieben Minuten legte er sich hin, schloss die Augen und machte einen tiefen Seufzer.

Ich setzte mich nun wieder zu ihr, wobei der Hund, zwar mit dem Blick „Ich könnte ja was verpassen", auf der Decke verblieb und erklärte ihr noch einmal den Hintergrund dieser Übung, nämlich Kontrolle abzugeben und untergeordnetes Mitglied des „Rudels" zu sein.

Hier habe ich auch bewusst auf Leckerlis verzichtet, denn es ging um eine eindeutige Ansage. Punkt.

Um dies noch zu verschärfen, baten wir einen Nachbarn, draußen an der Tür zu klingeln.
Mit dem Geräusch der Klingel fuhr Oskar sofort auf und wollte die Decke verlassen. Ich wiederholte mein Vorgehen, worauf es der Hund nicht mehr nur beim Fixieren beließ, sondern sofort zur Tat überging, nach kurzem Zähnefletschen mit einem Beiß-Angriff auf meinen Schuh. Ich blieb ruhig und zeigte mich unbeeindruckt. Hier merkte er: seine bisherige Strategie greift nicht mehr und nach mehrmaligem Gähnen und Schütteln, was Stressabbau bedeutete, legte er sich wieder hin und verblieb fortan auf seiner Decke bis ich die Sache, nachdem er sich wieder ganz beruhigt hatte, auflöste und ihn von der Decke wieder freigab.
Nach einer kurzen Pause wiederholte Frau E. unter meiner Hilfe diese Übung und war beeindruckt, dass ihr Liebling ohne lauter Worte, Drohgebärden mit Zeitungen oder Leckerlis ihrer klaren Ansage Folge leistete und selbst auf der Decke blieb, als sie den Raum verließ.

Nach unserem Telefonat dann zwei Wochen später sagte mir Frau E., dass sie die Übung mehrmals wiederholt hat und dass in der Zwischenzeit sogar der Klempner sein Werk ohne große Aufmerksamkeit des ehemaligen „Mister Zuständig-für-Alles" verrichten konnte und ihr Hund sich neuerdings selbst an seinen Ruheplatz begibt, während sie in der Küche ist.

Dann meinte sie bedeutungsvoll: „Es lag ja wahrscheinlich gar nicht an Oskar, sondern an der bisherigen Art der Kommunikation mit ihm!".

Dazu ist nichts weiter zu sagen, wenn auch damit erst der grundlegende Anfang gemacht war und man beständig bei der Sache bleiben muss, so meine erst einmal abschließenden Worte für heute.

Ein nächster Termin sollte folgen.

Ein Nachtrag

Liebe Leserin und lieber Leser, mit diesem Buch habe ich die Geschichte eines Vierbeiners, meines Hundes Filou, in kleinen Episoden wiedergegeben.

Die oft lustigen, manchmal auch dramatischen, aber wirklich so erlebten Begegnungen und Erlebnisse sollten aufzeigen, wie viel Freude und Spaß die Partnerschaft mit einem Tier, dem Hund, bereiten kann.

Wir haben es uns damals nicht leicht gemacht mit der Entscheidung, ob ein Vierbeiner bei uns einzieht. Heute vergeht kein Tag, an dem wir nicht einmal über unseren Filou herzhaft lachen können. Von der Fähigkeit meines Hundes, sehr feinfühlig gerade auf die ganz besonderen Menschen im Pflegeheim einzugehen, war und bin ich immer wieder überrascht. Mir zeigt das aber auch: wenn man seinem Tier mit dem eigenen Verhalten Respekt entgegenbringt, dann bekommt man mehr als nur das zurück. Und ich möchte mit Fug und Recht behaupten, unsere Hunde sind die wirklich wahren Therapeuten.

Mir schien es wichtig, einiges Wissenswertes sowie fachliche Hintergründe zu unseren Vierbeinern an geeigneter Stelle mit heranzuziehen und näher zu erläutern, ohne dabei aber gezielt auf einzelne spezielle Hundetrainingsmethoden einzugehen. Die Philosophien in der Methodik sind hier breit gestreut.

Meine Auffassung ist grundsätzlich die: der Hund sollte zuerst und immer wieder als das gesehen werden, was er ist – ein Tier. Ein Vierbeiner würde zum Beispiel nie einem anderen Artgenossen einen Namen geben, ihm ständig um den Hals fallen und wegen jedem „Sitz" oder „Platz", was es bei der hundeinternen Kommunikation im Übrigen ja gar nicht gibt, als Belohnung einen Rest frisch gejagtes Fleisch zustecken. Wenn er es wollte, würde er es einfach auf seine Art einfordern. Wir sollten ihn nicht zum Spielball eigener Defizite an fehlender Zuneigung und noch schlimmer eigener Frustrationen machen.

Ein Hund ist auch nicht die schon zitierte Porzellanfigur. Wir dürfen ihn ruhig fordern, nur dann wird er gleichzeitig gefördert. Er braucht unsere Liebe, aber auch unsere Distanz, eine klare Führung und wie schon einmal gesagt, vor allem unseren Respekt. Wenn wir dies mit feinem Gespür und dem nötigen Gefühl umsetzen, bekommen wir das grenzenlose Vertrauen eines hochsozialen Lebewesens und den besten Freund auf Erden.

Mit diesem Buch danke ich meinem Hund Filou für sein Vertrauen sowie diese einzigartige und große Freundschaft, die uns verbindet.

ENDE

Tschüss!